I0562237

LE PIRATE

—

4e SÉRIE GRAND IN-8o.

8o Y²
15681

Propriété des Éditeurs.

LE CAPITAINE MARRYAT

LE PIRATE

TRADUCTION DE LA BÉDOLLIÈRE

NOUVELLE ÉDITION REVUE

LIMOGES

Eugène ARDANT et Cⁱᵉ, ÉDITEURS.

LE PIRATE

I. — La baie de Biscaye.

C'était dans la dernière partie du mois de juin de l'année 179., les vagues furieuses de la baie de Biscaye s'apaisaient par degrés après un grain aussi violent qu'inaccoutumé durant cette époque de l'année. Elles roulaient encore pesamment, et parfois le vent capricieux soufflait par bouffées comme pour renouveler la lutte des éléments ; mais chacun de ses efforts était plus faible, et les sombres nuages qu'avait rassemblés l'ouragan fuyaient devant les rayons puissants du soleil, qui divisait leurs masses par des torrents de lumière et de chaleur. Ses splendeurs pénétraient les abîmes de la partie de l'Atlantique dont nous parlons, et, à l'exception d'un seul objet à peine visible, comme avant la création on n'apercevait qu'une vaste étendue d'eau bornée par le pavillon des cieux. Nous avons dit à l'exception d'un seul objet, car au milieu de ce tableau à la fois si simple et si sublime, composé de trois grands éléments, il y avait un débris du quatrième. Ce débris était la coque d'un bâtiment démâté, rempli d'eau, dont les œuvres mortes flottaient de temps à autre au-dessus des eaux quand le repos passager des vagues, encore agitées, lui permettait de remonter à la surface. Mais c'était rarement. Pendant un moment il était noyé par les flots qui passaient par-dessus son plat-bord ; le moment d'après l'eau s'échappait par les sabords, et il cessait d'être submergé.

Que de milliers de vaisseaux, que de millions de biens ont été par ignorance ou par crainte abandonnés aux avides profondeurs de l'Océan ! quelle mine de richesses doit être ensevelie dans ses sables ! que de trésors se sont perdus au milieu de ses rochers, ou restent suspendus dans ses gouffres sans fin pour y rester cachés et à l'abri de la corruption et de la décadence jusqu'à la destruction de l'univers et au retour du chaos ! Tout immense que doive être la somme de ces pertes accumulées, la majeure partie d'entre elles a été causée par l'ignorance d'une des premières lois de la nature, la pesanteur spécifique. Le vaisseau dont nous avons fait mention était, selon toute apparence, dans une position aussi critique qu'un homme qui se noie et n'est cramponné qu'à un fil de caret ; cependant, en réalité, il était plus sûr d'éviter de descendre dans l'abîme que plus d'un vaisseau qui navigue hardiment, et dont les matelots affranchis de toute crainte comptent arriver promptement au port.

Le Circassien, beau vaisseau en bon état, avait fait voile de la Nouvelle-Orléans avec une cargaison dont la majeure partie consistait en coton. Le capitaine était, dans l'acception ordinaire du terme, un bon marin; l'équipage était composé de matelots hardis et capables. En traversant l'Atlantique, ils furent assaillis par la bourrasque dont nous avons parlé et entraînés dans la baie de Biscaye, où, comme nous l'expliquerons plus tard, le vaisseau avait été démâté, et avait fait une voie d'eau qu'il avait été impossible de boucher. Il y avait alors cinq jours que l'équipage avait quitté le bâtiment dans deux de ses bateaux, dont l'un avait coulé à fond avec tous ceux qui l'occupaient; le sort de l'autre était incertain.

Nous avons dit que l'équipage avait quitté le navire, mais nous n'avons pas affirmé qu'il n'y restât personne. S'il en eût été ainsi, nous n'aurions pas occupé le temps du lecteur en lui décrivant une matière inanimée. C'est la vie que nous peignons, et il y avait encore de la vie dans cette coque endommagée, abandonnée ainsi au caprice de l'Océan. Dans la cuisine du *Circassien* attachée sur le pont, et heureusement assez bien fixée pour résister à la force des lames, restaient un homme, une femme et un enfant. Les deux premiers étaient de cette race inférieure que pendant si longtemps on a été chercher sur les côtes brûlantes de l'Afrique pour travailler sans recueillir pour eux. L'enfant sus-

pendu au sein de la femme était de sang européen.
Il était alors d'une pâleur mortelle, et cherchait
en vain à tirer sa subsistance du sein épuisé de sa
nourrice, dont les joues noires se couvraient de pleurs
en le pressant par intervalles contre son sein ou en
le préservant des lames. Indifférente à toute autre
chose qu'à la petite créature qu'on lui avait confiée,
elle ne parlait pas, quoiqu'elle frissonnât de froid,
car l'eau lui venait aux genoux à chaque nouveau
coup de mer. Le froid et la terreur avaient produit un
changement dans son teint, qui était jaune et cuivré.

Son compagnon était assis en face d'elle sur le
fourneau de fer qui avait été autrefois un spectacle de
lumière et de chaleur, mais qui servait maintenant
de siége à un malheureux mouillé et épuisé. Il n'avait
pas parlé depuis plusieurs heures : les muscles de
sa face étaient relâchés, ses lèvres épaisses avan-
çaient de beaucoup sur ses joues tombées, les os de
ses joues étaient proéminents comme des cornes
naissantes, et ses yeux ne montraient guère que
le blanc. Il avait l'air plus misérable que la femme,
dont les pensées étaient dirigées non vers elle, mais
vers l'enfant. Cependant sa sensibilité était vive,
bien que ses facultés parussent anéanties par l'excès
de la souffrance.

— Hélas! cria la négresse d'une voix faible après
un long silence et laissant retomber sa tête d'épuisement. Son compagnon ne fit aucune réponse ;
mais au son de la voix il leva la tête, se pencha en
avant, entr'ouvrit un peu la porte et regarda du
coté du vent. Une lame lui cingla le visage et lui

obscurcît la vue. Il gémit et retomba dans sa première position.

— Que pensez-vous, Coco? demanda la négresse en couvrant l'enfant avec plus de soin et courbant vers lui la tête. Un regard de désespoir et un frisson de froid et de faim furent la seule réponse du nègre.

Il était environ huit heures du matin, et l'Océan gonflé se calmait rapidement. A midi la chaleur du soleil pénétra à travers les planches de la cuisine, et ses rayons répandirent un petit courant de lumière à travers les fentes des volets fermés. Le nègre parut revenir à lui par degrés; il se leva, et avec quelque difficulté parvint à ouvrir la porte. La mer s'était apaisée et ne se brisait que par intervalles contre le bâtiment. Se tenant fortement au jambage de la porte, Coco atteignit l'intérieur pour regarder l'horizon.

— Que voyez-vous, Coco? dit la femme remarquant que les yeux du nègre étaient fixés sur un certain point.

— Dieu m'assiste, moi croire moi voir quelque chose, mais avoir tant d'eau salée dans les yeux, que moi ne pas voir clair! répondit Coco en frottant le sel qui s'était cristallisé sur sa figure durant la matinée.

— A quoi cela ressemble, John?

— Seulement à un petit nuage, répondit-il en entrant dans la cuisine et reprenant sa place avec un profond soupir.

— Hélas! s'écria la négresse, qui avait décou-

vert l'enfant pour le regarder, et dont les forces
s'affaissaient.

— Pauvre petit massa Edward, lui avoir l'air
très-mal, en vérité, lui mourir bientôt, moi le
craindre. Regardez, Coco, lui pas respirer.

La tête de l'enfant s'écarta du sein de la nourrice, et il parut inanimé.

— Judy, vous n'avoir pas de lait pour le pauvre
petit; supposez que vous n'avoir pas de lait, comment lui pouvoir vivre? Eh! arrêtez, Judy, massa
Edward n'être pas encore mort; et attendez, Judy,
moi lui mettre le petit doigt dans la bouche : si lui
pas mort, lui sucer.

Coco glissa son doigt dans la bouche de l'enfant,
et sentit une légère pression attractive.

— Judy, s'écria-il, massa Edward pas encore
mort; essayez, vous avoir peut-être quelques
gouttes de lait dans l'autre sein.

La pauvre Judy secoua douloureusement la tête,
et une larme coula le long de sa joue; elle savait
que la nature était épuisée.

— Coco, dit-elle en essuyant sa joue avec le dos
de sa main, moi donner tout mon sang pour massa
Edward, moi n'avoir pas de lait... Tout parti.

Cet élan d'amour pour l'enfant donna une idée
à Coco; il tira son couteau de sa poche et se coupa
très-tranquillement l'index jusqu'à l'os. Le sang
ruissela jusqu'au bout du doigt, qu'il appliqua à la
bouche de l'enfant.

— Voyez, Judy, massa Edward sucer, lui pas
mort! s'écria Coco joyeux de l'heureux résultat de

son expérience, et oubliant un moment leur situation presque désespérée.

L'enfant, ranimé par cet étrange aliment, reprit par degrés ses forces, et au bout de quelques minutes il suça le doigt avec un certain degré de vigueur.

— Regardez, Judy, comment massa Edward le prendre, poursuivit Coco. Tirez, massa Edward, tirez. Coco avoir dix doigts, et il se passera du temps avant qu'ils soient taris.

Mais l'enfant fut bientôt satisfait, et tomba endormi dans les bras de Judy.

— Coco, si vous alliez voir encore ? dit Judy.

Le nègre sortit et scruta de nouveau l'horizon.

— Que Dieu m'assiste, cette fois moi penser, Judy... Oui, que Dieu m'assiste, moi voir un vaisseau ! s'écria Coco joyeusement.

— Eh bien ! s'écria Judy avec transport, alors massa Edward ne pas mourir...

— Oui, que Dieu m'assiste, il vient de ce coté !...

Et Coco, qui paraissait avoir regagné une partie de sa force et de son activité première, grimpa sur le toit de la cuisine, où il s'assit les jambes croisées, agitant son mouchoir jaune dans l'espérance d'attirer l'attention des gens du navire, car il savait qu'il était très-possible qu'ils ne remarquassent pas un objet qui ne flottait guère au-dessus du niveau de l'eau.

Par bonheur la frégate, car c'en était une se

dirigea précisément du côté du vaisseau naufragé, quoiqu'il n'eût pas été aperçu par les vigies placées au haut des mâts, dont les yeux s'étaient dirigés vers la ligne de l'horizon. Au bout d'une demi-heure notre petite société fut menacée d'un nouveau danger, celui d'être coulée bas par la frégate, qui n'était qu'à une encâblure de distance, et faisait jaillir devant elle les flots écumeux en poursuivant sa course rapide et impétueuse. Coco cria de toutes ses forces, et heureusement attira l'attention des matelots qui étaient sur le beaupré à serrer la voile du petit foc qu'on avait hissée après la bourrasque pour la faire sécher.

—Tribord tout! cria-t-on.

—Tribord tout! répéta-t-on sur le gaillard d'arrière.

Et l'on changea la barre sans s'enquérir de ce qu'il y avait, comme cela ce pratique toujours à bord d'un vaisseau de guerre, quoiqu'en même temps il convienne de ne jamais donner un pareil ordre sans être préparé à le faire suivre d'une explication satisfaisante.

Les bonnettes de hune s'agitèrent et battirent les mâts, la voile de misaine fasia, et le grand foc fut éventé, lorsque la frégate mit en travers, rasa le bâtiment naufragé placé sous les bossoirs, et le fit rouler avec tant de violence, qu'il fut difficile à Coco, en s'accrochant au débris du grand mât, de se maintenir dans son poste élevé. La frégate cargua ses voiles, mit en panne, et lança un canot à la mer. En moins de cinq minutes Coco. Judy et l'enfant

furent tirés de leur affreuse situation. La pauvre
Judy, qui avait pris une nouvelle vie pour sauver
l'enfant, le plaça entre les bras de l'officier qui les
secourait et tomba évanouie : ce fut dans cet état
qu'on la transporta à bord. Coco, en prenant place
dans la chambre du canot, jeta autour de lui un
coup d'œil hagard et se livra aux accès d'un rire
extravagant et sans interruption; il ne donna pas
d'autre réponse aux questions des officiers, finit par
perdre connaissance, et fut confié aux soins d'un
chirurgien.

II. — Le vieux garçon.

Le soir même du jour où l'enfant et les deux nègres avaient été recueillis par la frégate, M. Witherington, de Finsbury-Square, était assis seul
dans la salle à manger et se demandait ce que pouvait être devenu *le Circassien* et pourquoi il n'avait
pas reçu la nouvelle de son arrivée. M. Witherington, comme nous l'avons déjà dit, était seul; il
avait devant lui son porto et son xérès. Quoique le
temps fût assez chaud, il y avait un petit feu dans
le foyer, parce que, comme l'assurait M. With-
rington, cela avait l'air confortable. M. With-
rington, après avoir regardé pendant quelque temps
le plafond de la chambre, quoique certainement on
n'y pût rien découvrir de nouveau, se versa un
verre de vin, se mit plus à l'aise en déboutonnant
trois boutons de son gilet, en rejetant sa perruque

en arrière et en détachant tous les boutons de ses genouillères ; il compléta ces dispositions en attirant à lui deux chaises qui étaient à sa portée, et en mettant ses jambes sur l'une et un bras sur l'autre. Et pourquoi M. Witherington ne se serait-il pas mis à l'aise ? il avait une bonne santé, une bonne conscience, et huit mille livres sterling de rente.

Content de tous ces petits arrangements, M. Witherington savoura son vin de Porto, replaça son verre sur la table, se renversa sur sa chaise, plaça ses mains sur sa poitrine, entrelaça ses doigts, et dans cette position confortable il recommença à se demander la raison de la non-arrivée du *Circassien*.

Nous le laisserons à ses réflexions pour en parler plus en détail à nos lecteurs.

Le père de M. Witherington était le cadet d'une des plus anciennes et des plus orgueilleuses familles de l'ouest du Yorkshire. Il avait à choisir entre les quatre professions qui sont l'apanage des cadets dont les veines sont remplies d'un sang patricien : l'armée, la marine, le barreau et l'Eglise. L'armée ne lui convenait pas, dit-il, parce que les marches et les contre-marches n'étaient nullement confortables ; la marine ne lui convenait pas à cause des grains de vent et du biscuit moisi ; le barreau ne lui convenait pas parce qu'il craignait que sa conscience n'y fût gênée, ce qui n'était pas très-confortable. Il refusa également l'Eglise, dont l'idée se liait dans son esprit avec celle d'un faible salaire, d'un travail pénible, d'une femme et d'enfants, ce qui n'était nullement confortable. A la grande horreur de sa famille, il refusa toutes les professions libérales et accepta l'offre d'un vieux rénégat d'oncle qui lui proposa une place dans sa maison de banque et un intérêt dans les affaires dès qu'il le mériterait. En conséquence ses parents indignés lui donnèrent congé et ne s'occupèrent plus de lui. Il fut décidément retranché de la famille.

Cependant M. Witherington père s'appliqua avec ardeur à son affaire, devint en peu de temps intéressé dans la maison, et à la mort de son vieil oncle se trouva en possession d'une fortune assez considérable et battit monnaie chaque année dans sa banque.

M. Witherington père acheta une maison dans Finsbury-Square et jugea à propos de chercher femme. Ayant encore en lui beaucoup de l'orgueil de sa famille, il résolut de ne pas croiser le sang des Witherington avec celui de quelque bourgeois de Cateaton-Street ou de Mincing-Lane, et après des recherches convenables il choisit la fille d'un comte écossais qui était venu à Londres avec neuf demoiselles pour échanger sa noblesse contre du bien. M. Witherington ayant été assez heureux pour se présenter le premier, celle qu'il prit avait des cheveux d'un blond clair, des yeux bleus, quelques taches de rousseur, une grande taille et une tournure assez agréable. Dans la Bible de famille elle était inscrite sous le numéro quatre. C'était de cette union qu'était né M. Witherington; le premier enfant avait été une fille baptisée sous le nom de

Marguerite, et que nous aurons bientôt à présenter à nos lecteurs comme une vieille fille de quarante-sept ans. Le second fut Antoine-Alexandre Witherington, écuyer, que nous venons de quitter dans une position très-confortable et plongé dans la méditation.

M. Witherington père avait persuadé à son fils qu'il devait entrer dans la maison de banque, et celui-ci, en fils obéissant, y entrait tous les jours. Mais il ne faisait rien de plus, ayant heureusement découvert que son père était né avant lui, ou, en d'autres termes, que son père avait assez d'argent et se trouverait dans la nécessité de le lui laisser après son décès.

Comme M. Witherington père avait toujours recherché le confortable, son fils avait été de bonne heure habitué à poursuivre le même but, et à cet égard il portait la délicatesse à un point extrême. Il partageait les choses en confortables et non confortables. Un beau jour lady Marie Witherington, après avoir payé toutes les notes de la maison, paya sa dette à la nature, c'est-à-dire qu'elle mourut. Son mari paya la note de l'entrepreneur des pompes funèbres, ce qui donne à penser qu'elle fut enterrée.

Bientôt après M. Witherington père fut renversé par une attaque d'apoplexie, et la mort, qui n'a aucuns sentiments d'honneur, le frappa à terre. Après être resté quelques jours au lit, M. Witherington fut envoyé, par une seconde attaque, reposer dans le même caveau que son épouse.

M. Witherington fils, dont nous nous occupons, après avoir déduit 40,000 livres sterling pour la part de sa sœur, se trouva en possession d'un revenu net de 8,000 livres par an et d'une excellente maison dans Finsbury-Square. M. Witherington considéra cela comme une fortune confortable, et c'est pourquoi il se retira entièrement des affaires.

Du vivant de ses parents, il avait été témoin d'une ou deux scènes matrimoniales qui l'avaient déterminé à mettre le mariage au rang des choses non confortables ; il resta donc garçon.

Sa sœur Marguerite garda également le célibat. M. Witherington était de trois ans plus jeune que sa sœur ; et quoiqu'il portât perruque depuis quelque temps, c'était seulement parce qu'il considérait cela comme plus confortable. Le caractère de M. Witherington peut se résumer en deux mots, bizarrerie et bienveillance. Il était certainement original.

M. Witherington sortit d'une rêverie profonde et chercha le cordon de la sonnette, qu'il était du devoir invariable du sommelier d'attacher au bras de la chaise de son maître avant de quitter la salle à manger ; car, comme M. Witherington l'observait avec beaucoup de raison, il était très-peu confortable d'être obligé de se lever pour sonner. A la vérité, M. Witherington avait plus d'une fois calculé les avantages et les désavantages d'avoir une fille d'environ huit ans pour sonner, faire sécher les journaux encore humides de la presse, et couper les feuilles d'un roman nouveau.

M. Witherington sonna de nouveau et se remit à rêver.

M. Jonathan le sommelier parut; mais, voyant son maître occupé, il s'arrêta aussitôt à la porte, debout, sans mouvement, et avec une figure aussi triste que s'il eût joué un rôle muet de pleureur à la porte de quelque pair défunt.

Pendant que M. Witherington est enfoncé dans ses réflexions, et que M. Jonathan est aussi immobile qu'un cheval de fiacre, nous les quitterons un moment pour raconter brièvement à nos lecteurs l'histoire de ce dernier. Jonathan Trapp avait d'abord servi comme aide-valet de pied, dénomination qui vient sans doute de ce que ceux qui occupent cet humble poste reçoivent de leurs supérieurs une quantité suffisante de coups de pied destinés à augmenter leur activité dans le service. Il était devenu ensuite premier valet de pied, ce qui explique qu'il avait obtenu le droit plus agréable d'administrer sans les recevoir les coups ci-dessus énoncés. Enfin il avait été élevé à la dernière dignité qu'il pût atteindre dans la maison, celle de sommelier au service de M. Witherington fils. Jonathan devint l'époux d'une femme qui était servante dans une autre famille.

Comme la plupart des sommeliers et des femmes de chambre qui s'unissent, ils tinrent un cabaret. Il faut rendre à la femme de chambre la justice de dire qu'elle eût préféré prendre un restaurant; mais Jonathan en décida autrement, alléguant qu'on pou. boire sans soif, mais qu'on ne mangeait pas sans faim.

Malgré la vérité de cette observation, l'entreprise ne réussit pas. On a supposé que l'encolure mince, grêle et maigre de Jonathan nuisait à l'achalandage ; car on n'est que trop disposé à juger de la bonté de l'ale par la face rubiconde et la rotondité du maître de la maison, et l'on croyait que la bière ne pouvait être bonne là où l'hôte était le portrait vivant de la famine. Certes, les apparences font beaucoup dans ce monde, et il paraît que par suite de l'apparence cadavéreuse de Jonathan, il parut bientôt dans la gazette au nombre des faillis. Mais ce qui le ruina d'un côté lui procura de l'autre un emploi immédiat. Un expert tapissier et entrepreneur de pompes funèbres, appelé à évaluer le prix du fonds de Jonathan, fixa les yeux sur lui ; il apprécia la valeur de son extérieur lugubre, d'autant plus qu'il avait un frère consanguin de même taille, et lui offrit sur-le-champ l'emploi de pleureur. La nouvelle occupation de Jonathan, qui l'obligeait de pleurer la perte de tant d'autres, l'empêcha de songer aux siennes. Lorsqu'il se tenait à la porte de ceux qui venaient de passer la porte de l'autre monde, sa froideur, son immobilité de statue, sa figure longue et mélancolique étaient trop souvent une satire vivante de la douleur des héritiers. Dans ce monde commerçant, le chagrin même n'est pas de bon aloi s'il n'est bien payé. Jonathan enterra un grand nombre de gens, et finit par enterrer son épouse. Jusque-là tout allait bien ; mais enfin il enterra son maître l'entrepreneur, ce qui n'était pas tout à fait désirable. Jonathan ne le pleura pas, mais il exprima un chagrin muet en l'escortant à sa dernière demeure ; et en revenant de la cérémonie funèbre, il but à sa mémoire un pot de porter avec d'autres pleureurs perchés, ainsi que lui, sur le sommet du corbillard.

Jonathan fut privé d'emploi par une raison que la plupart auraient regardée comme une puissante recommandation. Tous les entrepreneurs le refusèrent sous prétexte qu'ils ne pouvaient lui trouver de pendant. Dans cette extrémité, Jonathan songea à M. Witherington fils ; il avait servi et enterré M. Witherington son père et lady Mary sa mère. Il sentait qu'une telle variété de services lui donnait des droits, et il s'adressa au vieux garçon. Heureusement pour Jonathan, le sommelier de M. Witherington était sur le point de faire la même folie que Jonathan, et celui-ci fut réinstallé, bien résolu à reprendre sa première vie et à ne plus avoir affaire aux femmes de chambre ; mais, par habitude, Jonatham se conduisait comme un pleureur, il ne se permettait rien qui approchât de la joie, excepté quand il voyait son maître de très-bonne humeur, et c'était alors plutôt par un sentiment de ses devoirs que par véritable gaieté de cœur.

Jonathan n'était pas un ignorant eu égard à sa position sociale ; durant ses fonctions funéraires il avait appris le sens de toutes les devises latines qu'on place sur les écussons, et, quand il le croyait à propos, il ne manquait jamais de les citer.

Nous avons laissé Jonathan debout à la porte ; il l'avait fermée et en tenait encore le bouton. — Jonathan, lui dit M. Witherington après un long silence, je veux voir la dernière lettre que j'ai reçue de New-York; vous la trouverez sur ma toilette.

Jonathan quitta la chambre sans répondre, et reparut bientôt avec la lettre.

— Il y a longtemps que j'attends ce vaisseau, Jonathan! dit M. Witherington en dépliant la lettre.

— Oui, Monsieur, il y a longtemps, *tempus fugit!* répondit le sommelier à voix basse et en fermant les yeux à demi.

— J'espère qu'aucun accident n'est arrivé. Ma pauvre petite cousine et ses deux jumeaux, au moment même où je parle, peuvent être tous au fond de la mer.

— Oui, Monsieur, répondit le sommelier, la mer frustre de ses bénéfices plus d'un honnête entrepreneur.

— Par le sang des Witherington! je puis me trouver sans héritier et être obligé de me marier, ce qui serait très-peu confortable.

— Très-peu, répéta Jonathan; ma femme est morte, *in cœlo quies.*

— Eh bien! espérons que tout va bien, mais ce retard n'est nullement confortable, reprit M. Witherington en regardant le contenu de la lettre pour au moins la vingtième fois.

— Cela suffit, Jonathan, je vous sonnerai tout à l'heure pour le café.

Et M. Witherington demeura de nouveau seul et les yeux fixés au plafond.

Une cousine de M. Witherington, pour laquelle il avait une affection particulière (car, ayant une grande fortune et point d'affaires, il était courtisé par ses parents), s'était à un certain point compromise; c'est à-dire que, malgré les injonctions de ses parents, elle s'unit à un jeune lieutenant d'infanterie dont la naissance n'était qu'honnête et dont la fortune ne l'était nullement, car elle consistait uniquement dans sa paye.

Malheureusement les jeunes personnes qui se marient ne réfléchissent pas au lendemain où le pain doit manquer. Ce fut justement ce qui arriva à Cécilia Witherington, ou plutôt à Cécilia Templemore, car elle avait changé de nom la veille. Ce fut aussi ce qui arriva à son mari, qui avait toujours eu bon appétit; il en résulta qu'au bout de quelques semaines le compte du cantinier, car ils vivaient dans les casernes, se monta à une somme effrayante.

Cécilia s'adressa à sa famille, qui lui fit dire avec beaucoup de bonté qu'elle pouvait mourir de faim; mais ce conseil ne convenait ni à elle ni à son mari. Elle décrivit donc à son cousin Antoine, qui lui répondit qu'il serait heureux de la recevoir à sa table et dans sa maison. C'était précisément ce qu'ils désiraient; mais l'exécution de ce projet n'était pas sans difficulté, le régiment du lieutenant Templemore était en garnison dans une ville du Yorkshire, à une légère distance de Finsbury-Square, et pour être à dîner à la table de M. Witherington à six heures du soir et paraître tous les jours à la parade

à neuf heures du matin, c'était un problème difficile
à résoudre. Une correspondance s'établit sur ce sujet
épineux, et enfin il fut convenu que M. Templemore rendrait sa commission et viendrait avec sa femme s'installer chez M. Witherington. C'est ce qu'il
fit, et il trouva beaucoup plus confortable de se
lever à neuf heures du matin pour faire un bon
déjeuner que pour passer une revue. Mais
M. Templemore avait une fierté honorable et une
indépendance de caractère qui ne lui permettaient
pas de manger le pain de l'oisiveté, et, après un
séjour de deux mois dans une position très-confortable et sans notes de cantinier, il s'ouvrit franchement à M. Witherington et le pria de lui chercher
un honnête moyen d'existence.

M. Witherington, qui s'était attaché aux deux
époux, lui fit observer que Cécilia était sa cousine,
et qu'il resterait garçon. Mais M. Templemore
persista dans sa résolution, et M. Witherington y
donna son consentement forcé.

Une maison de commerce, jouissant de l'estime
générale, demanda un associé pour surveiller ses
envois en Amérique. M. Witherington avança la
somme exigée; et au bout de quelques semaines
M. et mistress Templemore firent voile pour New-
York.

M. Templemore était actif et intelligent; leurs
affaires prospérèrent, et ils purent espérer revenir
dans leur patrie avec une fortune. Mais l'automne
de la seconde année après leur arrivée, les maladies
et la fièvre jaune firent des ravages, et au nombre

de ses nombreuses victimes fut M. Templemore. Environ trois semaines auparavant, sa femme venait d'accoucher de deux jumeaux. Elle se releva veuve et mère de deux beaux garçons.

La maison dans laquelle M. Templemore était intéressé lui donna un remplaçant, et M. Witherington offrit à sa cousine l'asile dont elle avait tant besoin dans son état d'abandon aussi triste qu'inattendu. En trois mois ses affaires furent arrangées. Elle ne trouva que deux négresses qui voulussent faire le voyage en qualité de nourrices de ses enfants; elle emmena Coco comme domestique mâle, et s'embarqua à bord du bon navire *le Circassien*, en charge pour Liverpool.

III. — L'ouragan.

Ceux qui de la jetée avaient vu *le Circassien* déployer fièrement toutes ses voiles au vent ne prévoyaient guère son destin. Les gens placés à son bord s'en doutaient encore moins : car la confiance est le trait caractéristique des matelots, et ils ont l'heureux talent de la faire partager à ceux qui se trouvent avec eux. Nous ne dirons rien de la traversée, et nous nous bornerons à décrire la catastrophe.

Un grand vent du nord-est qui durait depuis trois jours avait entraîné *le Circassien* dans la baie de Biscaye. Vers minuit, la fureur du vent parut se ralentir. Le capitaine, qui était resté sur le pont, envoya chercher son second.

—Oswald, dit le capitaine Ingram, l'ouragan s'apaise et je crois qu'avant le matin nous en aurons vu le pire. Je vais aller me coucher pendant une heure et demie : appelez-moi s'il y a du changement.

Oswald Bareth, grand jeune homme vigoureux, bel échantillon de la race transatlantique, examina avant de répondre toute la circonférence de l'horizon. Enfin ses yeux se fixèrent du côté sous le vent.

—J'ai idée que nous ne sommes pas au bout, Monsieur, dit-il, je ne vois pas de signes que le temps s'éclaircisse. C'est seulement un moment de relâche, et le vent se remettra à souffler, soyez-en sûr.

—La bourrasque a duré trois jours, répliqua le capitaine Ingram, et c'est la durée ordinaire d'une tempête en été.

—Oui, reprit le second ; mais pourvu que le vent cesse de souffler. Le ciel a mauvaise mine, Monsieur, et nous aurons du nouveau, aussi sûr qu'il y a des serpents dans la Virginie.

—Soit, répondit tranquillement le capitaine, placez une vigie, Bareth, et ne quittez pas le pont pour m'appeler, envoyez-moi un homme.

La capitaine descendit dans sa cabine. Oswald regarda la boussole dans l'habitacle, dit quelques mots à l'homme placé à la barre, donna un ou deux coups terribles dans les côtes de ceux qui dormaient

2

fit sonder le puits de la pompe, mit dans sa bouche
une chique fraîche, et continua à examiner les cieux.
Un nuage beaucoup plus sombre et plus bas que
ceux qui jusque-là avaient obscurci le firmament
s'étendit au zénith en touchant à l'horizon du côté
sous le vent.

Oswald avait les yeux fixés dessus depuis quelques secondes quand il vit un léger éclair en sillon-
ner la partie la plus opaque; il fut suivi d'un autre
plus brillant. Le vent tomba tout à coup, et le *Circassien* se redressa; mais ce calme dura peu, et le
navire fut de nouveau couché avec violence. Un
autre éclair précéda un coup de tonnerre lointain.

—Nous en avons eu de pires, avez-vous dit,
capitaine, j'ai idée que le pire est encore à venir,
murmura Oswald en observant toujours les
cieux.

—Comment gouverne le vaisseau? demanda Oswald allant à l'arrière.

—La poignée de la roue du gouvernail au
vent.

—Il faut ôter cette voile de senau n'importe
comment. A l'arrière, mes enfants; abattez la voile
de senau. Tenez l'écoute ferme jusqu'à ce qu'elle
soit descendue, autrement elle effrayerait en flottant
notre passagère. Eh bien! si jamais je prends un
vaisseau, je n'aurai pas de femme à bord, les dol-
lars ne me tentent pas.

Les éclairs se multipliaient, le coup de tonnerre
qui suivait immédiatement chacun d'eux se faisait

entendre plus rapproché. Un déluge de pluie descendit obliquement du ciel, le vent se calma, siffla
de nouveau, puis se calma, sauta d'un point ou deux,
et les voiles mouillées et pesantes battirent les
mâts.

— La barre au vent! s'écria Oswald. Et un éclair
aveugla un moment ceux qui étaient sur le pont,
tandis que le fracas du tonnerre vint aussitôt après
les assourdir. Le vent recommença à souffler avec
violence, puis un calme plat survint. Les voiles
pendaient aux vergues, et la pluie tombait perpen-
diculairement par torrents, le vaisseau était ballotté
en divers sens, et les ténèbres étaient tout à coup
devenues profondes.

— En bas, l'un de vous, appelez le capitaine, dit
Oswald. Voilà le pire. Veillez aux grands bras,
brassez carré. De l'action! cette voile de hune aurait
dû être descendue, mais je ne suis pas capitaine.
Brassez carré, mes garçons! Allons, vite, vite, ce
n'est pas un jeu d'enfants.

La difficulté de trouver et de se passer les cordes,
l'épaisseur des ténèbres, les flots de pluie qui aveu-
glaient les matelots, les empêchèrent d'exécuter les
ordres du second aussitôt qu'il l'aurait fallu. Avant
qu'ils eussent fini, ou que le capitaine Ingram eût
pu atteindre le pont, le vent frappa tout à coup le
malheureux vaisseau du côté directement opposé à
celui où avait commencé la tempête. Il le masqua et
le jeta à la bande. L'homme placé au gouvernail fut
lancé avec force par-dessus la roue; les autres qui
étaient avec Oswald dans les grandes bittes, avec les

glènes des cordages et autres objets qui n'étaient
pas assujétis sur le pont, roulèrent dans les dalots,
faisant d'inutiles efforts pour se tirer de cet encom-
brement et de l'eau qui les environnait. La secousse
soudaine éveilla tous les hommes couchés en bas ;
ils s'imaginèrent que le bâtiment coulait à fond,
s'élancèrent en chemise et allèrent sur le pont par
la seule écoutille qui ne fût pas fermée, tenant en
main leurs autres vêtements pour les mettre si le sort
le leur permettait.

Oswald Bareth fut le premier qui se débarrassa :
il atteignit la barre, qu'il mit droit au vent. Le capitaine Ingram et quelques-uns des matelots s'é-
taient aussi approchés du gouvernail, c'est le *rendez-vous* de tous les bons marins dans des circonstances semblables ; mais le hurlement de la tempête,
les éclaboussures de la pluie et des flots qui refou-
lés par le vent passaient comme des montagnes par-
dessus le vaisseau, le fracas épouvantable du tonnerre, l'obscurité profonde qui accompagnait ces
horreurs ; tout cela, joint à la position inclinée du
bâtiment, empêchait les gens de l'équipage de communiquer entre eux. Leur seul ami dans ce conflit des
éléments était l'éclair, et il faut être dans une situation bien malheureuse pour accueillir l'éclair comme un ami. Mais ces flammes vives et fourchues,
s'élançant de tous les points de l'horizon, les mettaient à même d'apercevoir leur situation, et, tout
effrayant qu'il était quand il se montrait momentanément à leur vue, il n'était pas aussi sinistre que
les ténèbres et l'incertitude.

Oswald donna la barre à deux des matelots, et avec son couteau détacha les haches qui étaient liées autour du mât d'artimon dans des prélarts de toile peinte. Il en garda une pour lui et donna les autres au contre-maître et au troisième lieutenant. Il était aussi impossible de parler que d'être entendu à cause du rugissement effroyable du vent; mais la lampe brûlait encore dans l'habitacle, et à sa faible lueur le capitaine Ingram put distinguer les signes que faisait son second. Il y donna son consentement. Il était nécessaire de mettre le vaisseau vent arrière, et la barre n'en donnait pas le moyen. En peu de temps les rides des agrès du mât d'artimon furent coupées, et ce mât tomba à la mer. Les matelots placés de l'autre côté du pont s'en aperçurent à peine; ceux même qui étaient plus près ne l'auraient pas remarqué si quelques-uns d'entre eux n'eussent été atteints par la chute des écoutes du hunier et des agrès du mât.

Oswald et ses compagnons regagnèrent l'habitacle, et pendant quelque temps examinèrent la boussole. Le vaisseau n'arrivait pas et semblait s'enfoncer de plus en plus. Oswald fit de nouveaux signes, et le capitaine donna encore son assentiment. L'intrépide second s'élança à l'avant suivi de ses trois compagnons, et, se cramponnant à la galerie et aux chevillots d'amarrage, ils parvinrent enfin aux grands porte-haubans. Exposés aux lames, ayant à couper des cordes placées presque sous l'eau, ils avaient entrepris une tâche extrêmement difficile et dangereuse. Le contre-maître fut renversé par une

lame, et les manœuvres sous le vent l'empêchèrent
seules de tomber à la mer. Sans se laisser abattre,
il remonta rejoindre et aider ses compagnons. Oswald donna le dernier coup; les rides tombèrent par
les caps de mouton, et le grand mât disparut
dans la mer écumante. Oswald et ses compagnons
se hâtèrent de quitter leur poste dangereux et rejoi-
gnirent le capitaine, qui était encore près de la roue
avec la plupart des matelots. Le bâtiment fit lentement une embardée du côté de dessous le vent et se
redressa. Au bout de quelques minutes il roulait
pesamment vent arrière, frappant par intervalles
les débris des mâts qu'il remorquait encore attachés aux agrès de dessous le vent.

Le vent soufflait avec autant de violence qu'auparavant, mais non plus avec le même bruit depuis
que le vaisseau fuyait devant lui dégagé de ses
mâts de l'arrière. On s'occupa ensuite de le débarrasser des débris des mâts : tous se mirent à l'œuvre; mais cette opération n'était pas terminée au
jour naissant. Elle était même alors dangereuse, car
le vaisseau était dans l'eau jusqu'au plat-bord. Ceux
qui s'en chargèrent furent attachés à des cordes
pour n'être pas entraînés, et à peine avaient-ils fini
qu'un mouvement de roulis et une lame qui vint
frapper les taquets d'amure envoya le mât de misaine par-dessus le bossoir de tribord. Ainsi *le Circassien* fut démâté dans la tempête.

———

IV. — La voie d'eau.

Les débris du mât de misaine furent enlevés du vaisseau; l'orage continua, mais le soleil répandit des flots de chaleur et de clarté. *Le Circassien* eut encore vent arrière. Tout danger fut alors considéré comme passé, et les matelots rirent et plaisantèrent en s'occupant à préparer les mâts de fortune pour se mettre à même d'arriver à leur destination.

— Je ne me serais pas soucié de tout cela, dit le maître d'équipage, sans la perte du grand mât. Il était si bien!... On ne trouvera pas un arbre semblable le long du Mississipi.

— Bah! répondit Oswald, il y a dans la mer d'aussi beaux poissons que ceux qu'on en a déjà tirés, et il vient d'aussi bons arbres que ceux qu'on a abattus. Je devine que nous payerons assez cher pour notre mâture quand nous arriverons à Liverpool, mais cela regarde les armateurs.

Le vent, qui avait soufflé avec la force d'un ouragan, en sautant subitement au sud et à l'est, n'avait plus que celle d'une bourrasque forte et régulière, telle que les marins sont habitués à en rencontrer et à en braver. Le ciel était clair et brillant, et l'on ne courait pas risque d'échouer. C'était un changement délicieux après une nuit d'obscurité, de dangers et de confusion. Les hommes travaillèrent à donner au vaisseau assez de voiles pour l'affermir et le faire marcher.

—Je suppose, dit un des matelots occupé à un cap de mouton, que maintenant que nous avons la voile de senau, le capitaine sera d'avis de s'en tenir là.

— Oui, répondit le maître d'équipage, et avec ce vent-là nous n'avons pas besoin de beaucoup de voiles.

—Eh bien donc, nous avons eu un avantage en perdant nos mâts; vous n'aurez pas beaucoup de mal après les agrès.

—Nous en aurons assez, Bill, en entrant au port, répondit un autre d'un ton bourru; il faudra garnir et réparer les haubans et étais des mâts majeurs, renouveler les poulies...

Oswald écoutait la conversation, debout contre la cloison du bord du vent, et surveillait le progrès du travail.

— Mais, dit-il, nous ferons bien d'aller voir si le vaisseau a fait eau pendant la tempête. Je n'y pensais point. Charpentier, quittez votre doloire et sondez le puits de la pompe.

Le charpentier, qui malgré l'agitation du bâtiment démâté faisait une part importante de besogne, s'empressa d'exécuter cet ordre. Il prit un fil de caret au bout duquel était suspendue une règle de fer, le descendit dans le puits de la pompe, et vit en le retirant que l'eau en découlait. S'imaginant qu'il devait avoir été mouillé par la pluie ou les lames, le charpentier ôta le fil de caret, en prit un autre et se remit à sonder attentivement le puits. Il le retira, et l'air tout effaré, il s'écria au bout d'un instant :

— Sept pieds d'eau dans la cale.

Si l'équipage du *Circassien*, alors réuni en entier sur le pont, eût été frappé d'une commotion électrique, le changement subit des physionomies n'aurait pas été plus grand que celui que produisit cette terrible nouvelle.

Amassez sur la tête des matelots tous les désastres, tous les dangers accumulés des vagues, du vent, des éléments, de l'ennemi, et ils les supporteront avec un courage voisin de l'héroïsme. Tout ce qu'ils demandent est que la planche qui les sépare de la mort soit solide, et ils auront confiance dans leurs qualités et leurs talents : mais vienne une voie d'eau, et ils sont à demi paralysés ; si l'eau monte, ils sont accablés ; s'ils s'aperçoivent que leurs efforts sont inutiles, ils ne valent guère mieux que des enfants.

Oswald courut à la pompe dès qu'il eut entendu le rapport du charpentier.

— Essayez encore, Abel ; cela ne peut pas être. Coupez cette corde. Tendez-nous par ici un fil de caret bien sec.

Le puits fut encore une fois sondé par Oswald, et les résultats furent les mêmes.

— Gréons les pompes, mes amis, dit le second essayant de dissimuler ses craintes, la moitié de cette eau a dû pénétrer dans le bâtiment quand il était à la bande.

Cette idée si judicieusement émise fut saisie par les matelots, qui se hâtèrent d'obéir, pendant qu'Oswald descendait instruire le capitaine, qui, épuisé de veilles et de fatigue et regardant le danger comme passé, s'était jeté dans son hamac pour prendre un peu de repos pendant quelques heures.

— Pensez-vous, Bareth, qu'il se soit ouvert une voie d'eau? dit le capitaine avec inquiétude. Il est impossible que le vaisseau ait reçu une telle quantité d'eau.

— Certainement, Monsieur, répondit le second; mais il a beaucoup fatigué et a pu s'ouvrir par en haut. J'espère qu'il n'y a rien de pis.

— Que prévoyez-vous donc?

— J'ai peur que les débris des mâts n'aient fait quelque avarie; vous devez vous rappeler que nous les avons frappés à plusieurs reprises avant de pouvoir nous en débarrasser. Une fois entre autres, je me le rappelle, le grand mât était droit sous la quille et l'a heurtée violemment.

— Eh bien! à la volonté de Dieu; allez sur le pont le plus vite possible.

Quand ils furent arrivés sur le pont, le charpentier alla au-devant du capitaine et lui dit tranquillement :

— Sept pieds trois pouces, Monsieur.

Les pompes furent mises en pleine activité; les matelots s'étaient divisés par les ordres du maître d'équipage, et, nus jusqu'à la ceinture, ils se relevaient toutes les deux minutes. Pendant une demi-heure ils travaillèrent incessamment.

Ce fut une demi-heure d'attente. Il fallait principalement vérifier si la voie d'eau s'était ouverte dans le haut des côtés et si l'eau était entrée durant la seconde bourrasque. On eût eu alors espoir de réparer le dommage. Le capitaine Ingram et son second demeuraient en silence près du cabestan. Le premier tenait sa montre à la main, pendant que les matelots faisaient des efforts inouïs : il était sept heures dix minutes quand la demi-heure expira; le puits fut sondé et la ligne de sonde mesurée avec attention. Sept pieds six pouces! Ainsi l'eau avait gagné, bien qu'on eût fait jouer les pompes avec la plus grande activité.

Les gens de l'équipage échangèrent entre eux un regard de désespoir muet, eté clatèrent bientôt en imprécations et en malédictions. Le capitaine Ingram demeurait silencieux et les lèvres serrées.

— C'est fait de nous! s'écria l'un des matelots.

— Pas encore, mes amis, dit Oswald, nous avons une chance de salut. J'ai idée que les côtés du vaisseau se sont ouverts dans la tourmente infernale de cette nuit, et que l'eau s'y introduit à présent par le haut des côtés. S'il en est ainsi, nous n'avons qu'à le mettre vent arrière et reprendre le travail des pompes. Quand il ne fatiguera plus et qu'il n'aura plus sa bordée à l'eau, tous les trous se refermeront.

— Je ne m'étonnerais pas que M. Bareth n'eût pas raison, répondit le charpentier; cependant c'est aussi mon avis.

— Et le mien, ajouta le capitaine Ingram; allons.

mes amis, ne nous rendons point tant qu'il y a un
boulet dans la soute : essayons encore.

Et pour encourager les matelots, le capitaine Ingram quitta son habit et se mit à manœuvrer à la
pompe pendant qu'Oswald allait au gouvernail et
mettait le bâtiment vent arrière.

Le Circassien roulait devant la rafale, et la len-
teur avec laquelle il se redressait prouvait combien
il y avait d'eau dans la cale. Les matelots travaillèrent une heure entière sans interruption, et l'on
sonda de nouveau le puits : huit pieds !

Les matelots ne dirent pas qu'ils ne voulaient plus
pomper, mais ils manifestèrent clairement leurs intentions en reprenant en silence leurs chemises et
leurs vestes.

— Que faire, Oswald ? dit le capitaine Ingram
en allant à l'arrière. Vous voyez que les hommes
ne veulent plus pomper; d'ailleurs ce serait inutile,
nous sommes perdus.

— *Le Circassien* l'est, Monsieur, j'en ai peur,
répliqua le second; il ne sert à rien de pomper; on
ne pourrait le tenir à flot jusqu'au point du jour; il
faut donc nous fier à nos barques, que je crois toutes solides, et quitter le navire avant la nuit.

— Des barques chargées de monde sur une mer
comme celle-ci ! reprit le capitaine Ingram en secouant douloureusement la tête.

— Ne valent pas grand'chose, c'est vrai; mais
elles valent mieux que la mer. Tout ce que nous
pouvons faire maintenant est d'empêcher nos gens
de boire, et si nous y parvenons cela vaudra mieux

que de les fatiguer inutilement. Ils ont besoin de toutes leurs forces avant de remettre le pied sur la terre ferme, si jamais ils ont ce bonheur! Leur parlerai-je?

— Oui, Oswald! répondit le capitaine; quant à mon sort, je m'en inquiète peu, Dieu le sait; mais ma femme! mes enfants!

— Mes amis, dit Oswald en s'avançant vers les matelots, qui avaient attendu en silence le résultat de l'entretien, pomper plus longtemps ne ferait qu'épuiser vos forces sans bon résultat, il faut avoir recours à nos barques, et une bonne barque vaut mieux qu'un mauvais vaisseau. Cette rafale et la houle sont trop fortes pour des barques, nous ferons donc bien de rester sur le vaisseau aussi longtemps que possible. Mettons-nous à l'œuvre avec ardeur, préparons les barques avec des provisions, de l'eau et tous les objets nécessaires, et puis nous nous confierons à la miséricorde de Dieu et à nos efforts.

— Aucune barque ne peut tenir la mer par ce temps-là, dit un des matelots; je suis d'avis que nous menions une vie courte et bonne : qu'en dites-vous, mes amis?

Plusieurs de ses compagnons furent du même avis; mais Oswald s'avança, saisit une des haches qui étaient placées vers les grandes bittes, et regardant fixement en face celui qui venait de parler :

— William, dit-il, nous pouvons avoir une vie courte, mais elle ne sera pas bonne dans votre sens, que je comprends parfaitement. Je serais fâché de tremper mes mains dans votre sang ou dans celui des autres ; mais, aussi sûr qu'il y a un ciel, je fendrai jusqu'aux épaules le premier qui tentera de s'introduire dans la soute aux liqueurs : vous savez que je ne plaisante jamais. Fi donc! vous donnez-vous le nom d'hommes, vous qui, pour un peu de liqueur, voulez perdre votre unique chance de vous enivrer tous les jours dès que nous aurons revu la terre? Il y a un temps pour tout, et j'ai idée que c'est celui d'être sobres.

La plupart des gens de l'équipage se rangèrent du côté d'Oswald, et le parti le plus faible fut obligé de se soumettre. On commença les préparatifs. Les deux barques, qui étaient sur les boute-hors, furent trouvées en bon état. Une partie des matelots fut employée à couper la galerie pour pouvoir lancer les barques par le côté, faute de moyens de les hisser dehors. On sonda de nouveau le puits : il y avait neuf pieds d'eau dans la cale, et le bâtiment s'enfonçait à vue d'œil. Deux heures s'étaient écoulées ; la tempête n'était plus si violente ; la mer, qui, au changement de vent avait été très-houleuse, semblait avoir repris son cours régulier ; tout était prêt. Les marins une fois à l'ouvrage avaient en quelque sorte repris courage, et de nouvelles espérances venaient les soutenir à la plus légère apparence de diminution dans la force du vent. Les deux barques étaient assez grandes pour contenir tout l'équipage et les passagers ; mais, comme se le disaient les marins (ce qui prouvait la bonté de leurs cœurs), qu'allaient devenir ces deux pauvres enfants, dans un bateau découvert, pendant des jours et des

nuits peut-être ? Le capitaine Ingram était descendu
auprès de mistress Templemore pour lui apprendre
la triste perspective qu'ils avaient devant eux ; et le
cœur de la mère aussi bien que sa voix répéta les
paroles des matelots :

— Que deviendront mes pauvres enfants ?

Ce ne fut qu'à près de six heures du soir que
tout fut prêt. Le vaisseau fut encore placé lentement
vent arrière, et les bateaux lancés par-dessus le
bord latéral. Pendant ce temps l'ouragan s'était
calmé ; mais le bâtiment était plein d'eau, et l'on
s'attendait bientôt à le voir couler.

Il n'y a pas de situation qui exige plus de sang-
froid et de résolution que celle que nous avons essayé de décrire. Il est impossible de savoir le moment précis où un navire plein d'eau, par une mer
agitée, finira par sombrer. Ceux qui s'y trouvent
sont dans un état de fièvre morale, craignant d'y
rester assez longtemps pour être tout à coup sub-
mergés avec lui et abandonnés au caprice des flots.
Ce sentiment animait la plupart des gens du *Circassien*, et ils s'étaient déjà retirés dans les barques.
Oswald fut chargé de l'une d'elles, et la plus grande
devait recevoir mistress Templemore et ses enfants,
sous la protection du capitaine Ingram. Le nombre
d'hommes que devait contenir la barque d'Oswald
fut bientôt complet. Elle gagna le large pour faire
place à l'autre, et se mit sous le vent pour l'attendre. Le capitaine Ingram aida mistress Templemore
à descendre dans sa barque. Une des nourrices et
son enfant furent placés auprès d'elle. Coco amena

Judy, l'autre nourrice, tenant dans ses bras l'enfant
qui restait. Le capitaine Ingram, qui avait été obligé
de porter dans la barque le premier enfant, était sur
le point de revenir à l'aide de Judy, quand le bâtiment tangua pesamment, et son avant fut enseveli
sous la lame, en même temps le plat-bord de la
barque fut crevé en heurtant le flanc du navire.

— Il sombre, mon Dieu! s'écrièrent les matelots
alarmés en gagnant le large pour éviter le tourbillon dont le bâtiment allait être le centre.

Le capitaine Ingram, qui était debout sur le banc
des rameurs, fut renversé au fond de la barque, et
avant qu'il pût se relever elle était bien loin du vaisseau et entraînée par le vent.

— Mon enfant! s'écria la mère, mon enfant!

— Ramez, mes amis! s'écria le capitaine Ingram
en saisissant le gouvernail.

Les matelots, qui avaient été effrayés de l'idée
que le navire allait couler bas, le voyant encore à
flot, firent force de rames pour le rejoindre, mais
en vain; ils dérivèrent, malgré tous leurs efforts :
la mère éplorée tendait les bras en suppliant. Le
capitaine Ingram, qui avait fait tout son possible pour encourager les matelots, vit que de nouvelles tentatives étaient inutiles.

— Mon enfant! mon enfant! s'écria mistress
Templemore debout et tendant les bras vers le bâtiment. A un signe du capitaine la barque vira de
bord, et la pauvre mère, sachant que tout espoir
était perdu, tomba évanouie.

V. — La vieille fille.

Un matin, peu de temps après les désastres que nous venons de décrire, M. Witherington descendit déjeuner un peu plus tôt que de coutume et trouva sa chaise longue de maroquin vert déjà occupée par un personnage qui n'était rien moins que Guillaume le valet de pied, qui, les pieds sur le garde-feu, lisait le journal si attentivement qu'il n'entendit pas entrer son maître.

— J'espère que vous êtes à l'aise, monsieur William; ne vous dérangez pas, Monsieur.

William, quoique aussi impudent que la plupart de ses confrères, fut un peu pris au dépouvu.

— Je vous demande pardon, Monsieur; mais M. Jonathan n'a pas eu le temps de parcourir le journal.

— Et il n'a pas besoin de le lire, Monsieur, que je sache!

— M. Jonathan dit, Monsieur, qu'il est toujours bon de regarder les morts, pour que des nouvelles de cette sorte ne puissent pas vous surprendre.

— C'est très-prudent, vraiment!

— Et voici là une histoire au sujet d'un naufrage...

— Un naufrage! où, William? Dieu me bénisse! où est-il?

— J'ai peur que ce ne soit le vaisseau que vous

attendiez avec tant d'impatience, Monsieur; le...
j'ai oublié le nom, Monsieur.

M. Witherington prit le journal et arrêta les
yeux sur le paragraphe dans lequel on donnait les
détails du sauvetage des deux nègres et de l'enfant,
et du naufrage du *Circassien*.

— C'est bien cela, s'écria M. Witherington. Ma
pauvre Cécilia dans une barque ouverte!... on a vu
une des barques couler bas... peut-être ma cousine
est-elle morte!... Dieu de bonté!... un enfant est
sauvé!... miséricorde!... Où est Jonathan?

— Le voici, Monsieur! répondit Jonathan d'un
ton solennel. Il venait d'apporter les œufs, et se tenait droit comme un pleureur derrière la chaise de
son maître; car c'était un cas de danger, sinon de
mort.

— Il faut que j'aille à Portsmouth aussitôt après
déjeuner; je n'ai plus d'appétit; je ne mangerai
pas.

— On mange rarement, Monsieur, dans ces tris-
tes occasions, répondit Jonathan; voulez-vous prendre votre équipage, Monsieur, ou une voiture de
deuil?

— Une voiture de deuil pour faire quatorze milles
à l'heure avec quatre chevaux de poste... Vous êtes
fou, Jonathan!

— Faut-il faire prendre le crêpe et les gants noirs
au cocher et aux domestiques?

— Non : c'est une résurrection, et non pas une
mort... Il paraît que le nègre croit qu'il n'y a eu
qu'une des barques de coulée bas.

—*Mors omnia vincit !* dit Jonathan en levant les yeux en l'air.

— Cela ne vous regarde pas, songez à vos affaires. On frappe deux coups, c'est le facteur; voyez s'il y a des lettres.

Il y en avait plusieurs; et entre autres il y en avait une du capitaine Maxwell, de *l'Eurydice*, relatant les circonstances déjà connues, et informant M. Witherington qu'il avait envoyé les deux nègres et l'enfant à son adresse par la voiture publique, et qu'un des officiers, qui allait également à Londres, les conduirait chez lui.

Le capitaine Maxwell était une vieille connaissance de M. Witherington; il avait dîné chez lui en compagnie des Templemore, et était parvenu à tirer des nègres assez d'éclaircissements pour savoir à qui les adresser.

— Ils seront ici se soir! s'écria M. Witherington, et je me serai épargné mon voyage. Que faire?... dites à Marie de préparer les chambres, entendez-vous, William? des lits pour un petit garçon et deux négresses?

— Oui, Monsieur, répondit William; mais où faut-il mettre ces négresses ?

— Les mettre! peu importe; l'une peut coucher avec la cuisinière, et l'autre avec Marie.

— Très-bien, Monsieur, je vais le leur dire, répondit William se hâtant de sortir et charmé du trouble qu'il allait semer dans la cuisine.

— Avec votre permission, Monsieur, dit Jonathan, je crois qu'une de ces négresses est un homme.

— C'est vrai; eh bien! vous pouvez le prendre, Jonathan, vous aimez la couleur noire.

— Pas dans la nuit, Monsieur, répondit Jonathan en s'inclinant.

— Donnez-moi mon déjeuner, et nous causerons de ce sujet plus tard.

M. Witherington se mit à manger avec toute la vitesse possible, sans savoir pourquoi; mais c'était à cause de l'agitation et de l'embarras que lui causait cette arrivée précipitée. Il lui tardait de réfléchir tranquillement à cette difficulté; car c'en était une pour un vieux garçon. Dès qu'il eut avalé sa seconde tasse de thé il s'étendit commodément sur sa chaise longue, et murmura le monologue suivant :

— Par le sang des Witherington! que faire, moi vieux garçon, d'un enfant et d'une nourrice aussi noire que l'as de pique, et d'un autre individu noir par-dessus le marché? le renvoyer? oui, c'est ce qu'il y a de mieux à faire. Mais l'enfant!... réveillé tous les matins à cinq heures par ses criailleries, obligé de l'embrasser trois fois par jour... comme c'est amusant! et puis cette négresse avec ses lèvres épaisses baisera l'enfant toute la journée et me le tendra. Elle est ignorante comme une vache : si l'enfant a mal à l'estomac elle lui mettra un grain de poivre dans la bouche!... c'est la mode aux Indes occidentales... Les enfants ont toujours mal à l'estomac. Ma pauvre, ma pauvre cousine! Qu'est-elle

devenue avec son autre enfant? Je voudrais qu'on
la retrouvât, la pauvre amie! elle reviendrait prendre soin de ses enfants. Je ne sais que faire. J'ai
grande envie d'envoyer chercher ma sœur Moggy;
mais elle est si désagréable, il n'y a pas de presse.
J'y songerai.

Ici M. Witherington fut interrompu par deux
petits coups frappés à sa porte.

— Entrez, dit-il.

Et la cuisinière, aussi rouge que si elle avait préparé un repas de dix-huit couverts, parut sans avoir
son tablier blanc.

— S'il vous plaît, Monsieur, dit-elle en faisant
la révérence, je viens vous prier de chercher une
autre cuisinière.

— Oh! très-bien, répondit M. Witherington furieux d'avoir été interrompu.

— Et, s'il vous plaît, Monsieur, je prétends
partir ce soir même; vraiment, Monsieur, je ne
resterai pas.

— Partez s'il vous plaît! répondit M. Witherington en colère, mais sortez d'abord et fermez la
porte après vous.

La cuisinière se retira.

— Fi de la vieille! dit-il quand il fut seul, elle
est tout effarée : elle ne veut pas faire la cuisine
pour des noirs, je présume; oui, c'est cela.

Ici M. Witherington fut de nouveau iterrompu
par deux coups frappés à la porte.

— Oh! elle a réfléchi sans doute; entrez.

Ce n'était pas la cuisinière, mais Marie la servante.

— S'il vous plaît, Monsieur, dit-elle d'un ton dolent, je viens vous donner congé.

— C'est une conspiration ! Eh bien ! vous pouvez partir.

— Ce soir, Monsieur, s'il vous plaît, répondit la femme.

— A l'instant même, cela m'est égal ! s'écria M. Witherington exaspéré.

La servante se retira, et M. Witherington fut quelque temps avant de se remettre.

— Les domestiques vont tous au diable dans ce pays, dit-il enfin, ils ont un sot orgueil et ne voudraient pas faire les chambres après des noirs. Oui, c'est cela. Maudits soient les blancs et les noirs ! voici toute ma maison bouleversée par l'arrivée d'un bambin ; c'est fort peu confortable. Que ferai-je ? enverrai-je chercher ma sœur Moggy ?... Non, j'enverrai chercher Jonathan.

M. Witherington sonna et Jonathan parut.

— Qu'est-ce que tout cela, Jonathan ! dit-il, la cuisinière est furieuse, Marie se désole, toutes deux s'en vont, qu'y a-t-il ?

— Mais, Monsieur, William leur a dit que par votre ordre positif les deux noirs coucheraient avec elles.

— Maudit soit ce garçon ! il fait toujours quelque sottise !

M. Witherington entra alors en consultation avec le sommelier et accéda aux arrangements proposés par lui. Les noirs et l'enfant arrivèrent au temps voulu et furent convenablement installés. Master Edward n'eut pas la colique, il n'éveilla pas M. Witherington à cinq heures, et, au bout du compte, ce ne fut pas aussi peu confortable que l'avait craint M. Witherington. Mais cependant M. Witherington fut si fatigué des escarmouches continuelles entre ses domestiques, des plaintes de Judy en mauvais anglais, de celles de la cuisinière, qui, il faut l'avouer, avait une prévention contre Judy et Coco; des indispositions de l'enfant, etc., etc., qu'il trouva que le calme et la paix étaient bannis de sa maison. Près de trois mois s'étaient écoulés, on n'avait aucune nouvelle des barques. Le capitaine Maxwell, qui était venu voir M. Witherington, avait donné comme son opinion bien arrêtée qu'elles avaient dû couler bas. Il n'y avait donc point d'espoir que mistress Templemore vînt prendre soin de son enfant. M. Witherington résolut d'écrire à Bath, où résidait sa sœur; de lui apprendre toute l'aventure et de la prier de venir gérer sa maison. Quelques jours après il reçut la réponse suivante :

« Bath, août.

» MON CHER FRÈRE ANTOINE,

» Votre lettre m'est parvenue mercredi dernier, et je dois vous dire que je n'ai pas été peu surprise de son contenu. J'y ai tant pensé qu'en faisant ma par-

tie de whist chez lady Betty Blakin j'ai perdu quatre schellings et six pence. Vous dites que vous
avez chez vous un enfant de votre cousine, qui a
fait un mariage disproportionné. J'espère que ce
que vous me dites est vrai, mais en même temps je
sais ce dont les célibataires sont capables; toutefois,
comme le dit lady Betty, il vaut mieux ne jamais
parler de ces choses-là et même ne les donner jamais à entendre.

» Je présume que vous n'avez pas l'intention de
faire de cet enfant votre héritier, ce que je considé-
rerais comme très-inconvenant. Lady Betty me dit
que dans ce cas le droit à payer serait de dix pour
cent et qu'il ne pourrait l'éviter. Cependant je me fais
une règle de ne jamais parler de ces sortes de choses. Vous me demandez de venir diriger votre maison : j'ai consulté lady Betty sur ce sujet, et elle
convient avec moi que pour l'honneur de la famille
il vaut mieux que je vienne, car cela sauvera les
apparences.

» Je vais donc m'arranger pour louer ma maison,
et j'espère vous aller trouver dans une dizaine de
jours; je ne le puis plus tôt, car j'ai des invitations
jusqu'à cette époque. On m'a déjà fait plusieurs
questions sur ce sujet désagréable, mais je ne fais
qu'une réponse : c'est que les garçons sont des garçons, et qu'en tout cas cela vaut mieux que si vous
étiez marié; car je me fais une règle de ne jamais
parler de ces sortes de choses et même de ne pas
les donner à entendre. Comme le dit lady Betty, les
hommes font des sottises, et plus on les étouffe,

mieux cela vaut. C'est tout ce que vous dira pour le moment votre affectionnée sœur

» Marguerite WITHERINGTON. »

« P. S. Lady Betty et moi sommes d'avis que vous avez très-bien fait de prendre à gages les deux noirs pour amener l'enfant chez vous. Pour vos voisins cela donne à la chose un air étranger, et nous savons garder nous-mêmes nos secrets.

» M. W. »

— Par tous les Witherington! dit M. Witherington en jetant la lettre sur la table avec un profond soupir, je vous demande s'il n'y a pas de quoi perdre la tête! Maudite soit la vieille fille soupçonneuse! je ne la laisserai pas entrer ici. Maudite soit lady Betty, et toutes les vieilles commères comme elle qui aiment le scandale! Hélas! ceci n'a rien de confortable.

Mais si M. Witherington trouva d'abord que sa situation n'avait rien de confortable, il la trouva intolérable par la suite.

Sa sœur Moggy arriva et s'installa dans la maison avec la pompe et l'air protecteur d'une personne qui sauve l'honneur et la réputation de son frère.

Mais passons sur les misères qu'attirèrent à M. Witherington sa bonté et sa bienveillance. Pas un jour, pas une heure ne se passaient sans qu'il eût les oreilles battues des insinuations de sa sœur. Judy et Coco furent renvoyés en Amérique; les domestiques, qui étaient depuis si longtemps dans

la maison, furent renvoyés l'un après l'autre, et
ensuite on en changea presque aussi souvent que de
lune. Miss Marguerite gouverna en despote son frère
et sa maison. Le pauvre M. Witherington n'eut pas
un instant de confortable jusqu'à l'époque où master
Edward fut envoyé à l'école. Alors M. Witherington s'arma de courage, et au bout de quelques mois
il envoya sa sœur à Bath et se retrouva encore une
fois confortablement.

Edouard venait passer les vacances chez lui et
était son favori; mais les remarques qu'on faisait
étaient si désagréables, que M. Witherington ne fut
pas fâché, malgré l'attachement qu'il portait au jeune
homme, quand celui-ci lui déclara que son intention
était d'embrasser la profession de marin.

Le capitaine Maxwell le fit entrer au service.
Quand la mauvaise santé et les fatigues du capitaine
l'eurent forcé de quitter momentanément le service,
il trouva un autre vaisseau pour son protégé. Nous
sauterons donc plusieurs années. Cependant Edward Templemore continue sa carrière, M. Witherington devient plus vieux et plus égoïste, et sa sœur
Moggy s'amuse de son cher jeu de whist et des remarques de lady Betty.

VI. — Le midshipman.

Le côté du vent du gaillard d'arrière de la frégate
de Sa Majesté *la Licorne* était occupé par deux

très-grands personnages : le capitaine du vaisseau,
Plumbton, qui était très-grand en largeur sinon en
hauteur, et eût occupé beaucoup trop de place sur le
pont s'il n'en avait été propriétaire, ce qui lui donnait la part du lion; le capitaine Plumbton n'avait
pas plus de quatre pieds dix pouces anglais de hauteur, mais il avait autant de circonférence : on l'allongeant on eût pu en faire un bel homme. Il se
promenait avec son habit déboutonné et les pouces
dans les entournures de son gilet comme pour re-
jeter ses épaules en arrière et augmenter ses di-
mensions horizontales, et tenait aussi sa tête ren-
versée de façon à faire saillir sa poitrine et son estomac : c'était le prototype des grands airs et du
bon naturel, et il se carrait comme un acteur dans
une procession.

L'autre personnage était le premier lieutenant,
que la nature s'était plu à former dans un autre
moule, et qui était aussi grand que le capitaine
était court, aussi mince que son supérieur était cor-
pulent. Ses longues jambes maigres venaient presque aux épaules du capitaine; et quand il s'inclinait
sur la tête de son supérieur, on eût dit qu'il était la
grue, et le capitaine le ballot de marchandises à
monter. Il portait ses mains derrière son dos avec
deux doigts entrelacés; et la principale difficulté
qu'il éprouvât paraissait être celle de réduire ses
grandes enjambées aux petits pas de perroquet du
capitaine. Ses traits étaient effilés et maigres comme
son corps, et annonçaient un caractère mal fait.

Il s'était plaint de diverses personnes, et le capi-

taine avait paru jusqu'alors importurable. Le capitaine Plumbton était un homme d'humeur égale,
et qui se contentait d'un bon dîner. Le lieutenant
Markitall était un homme bourru, qui se serait dis-
puté avec son pain et son beurre.

— Il est tout à fait impossible, continua le premier lieutenant, de faire faire le service si l'on n'est
pas soutenu.

Cette observation, faite d'un ton d'oracle, semblait descendre du ciel, vu la taille relative des deux
parties. Le capitaine n'y répondit que par un : —
Très-vrai.

— Je présume donc, Monsieur, que vous voulez
bien que je mette cet homme sur mon rapport au
nombre des coupables.

— J'y songerai, monsieur Markitall... Ce qui
voulait dire non dans la bouche du capitaine.

— Les jeunes midshipmen, Monsieur, je suis
fâché de le dire, sont fort turbulents.

— Tous les jeunes gens le sont, répondit le capitaine.

— Oui, Monsieur, mais il faut faire le service, et
je ne le puis sans eux.

— Très-vrai; les midshipmen sont très-utiles.

— Je suis fâché de vous dire qu'ils ne le sont
pas. Voilà, par exemple, M. Templemore, je n'en
puis rien tirer, il ne fait que rire.

— Rire! monsieur Markitall, est-ce qu'il rit de
vous?

— Pas tout à fait, Monsieur; mais il rit de tout.
Si je l'envoie à la tête du mât, il y monte en riant;

si je l'en fais descendre, il revient en riant. Si je le trouve en faute, il rit une minute après. Je désirerais spécialement, Monsieur, que vous lui parlassiez, et voir si votre intervention...

— Le ferait pleurer, hein? Il vaut mieux rire que pleurer en ce monde. Ne pleure-t-il jamais, monsieur Markitall?

— Si, Monsieur, et fort mal à propos. L'autre jour, vous pouvez vous le rappeler, vous avez puni Wilson le soldat de marine que j'ai chargé du soin de sa malle et de son hamac, il a pleuré tout le temps. C'est presque une espèce de rébellion indirecte de sa part, car cela expliquait...

— Que le jeune homme était fâché de la punition de son domestique. Je ne fais jamais fouetter un homme sans en être fâché moi-même, monsieur Markitall.

— Eh bien! je n'insiste pas sur ce point; je ne fais pas attention à ses larmes, mais ces rires, Monsieur, je dois vous prier d'y songer. Le voici, Monsieur, qui vient par l'écoutille. — Monsieur Templemore, le capitaine veut vous parler.

Le capitaine n'en avait nulle envie; mais, pressé par le premier lieutenant, il ne put éviter cette corvée. M. Templemore avait porté la main à son chapeau, et se tenait devant le capitaine, l'air souriant, jovial et confiant, ce qui était à la fois une preuve de la vérité de l'accusation et de l'énormité du délit.

— Ainsi, Monsieur, dit le capitaine Plumbton en s'arrêtant dans sa promenade et en se carrant encore plus, je sais que vous avez ri du premier lieutenant.

— Moi, Monsieur! répondit le jeune homme la figure épanouie.

— Oui, vous, Monsieur, dit le premier lieutenant se redressant de toute sa hauteur; en ce moment pourquoi riez-vous, Monsieur?

— Je ne puis m'en empêcher, Monsieur, ce n'est pas ma faute, et je suis sûr que ce n'est pas la vôtre non plus.

— Savez-vous, Edward... je veux dire, Monsieur Templemore, que vous ne devez pas manquer de respect à votre supérieur?

— Je n'ai jamais ri qu'une fois de M. Markitall, Monsieur; ce fut, autant que je m'en souviens, quand il tomba sur la tourvire.

— Et pourquoi avez-vous ri, Monsieur?

— Je ris toujours quand je vois quelqu'un tomber, je ne puis m'en empêcher.

— Alors vous ririez donc si vous me voyiez rouler dans les dalots de dessous le vent? dit le capitaine.

— Oh! répondit l'enfant ne pouvant plus se contenir, je suis sûr que j'éclaterais de rire. Je crois vous y voir, Monsieur.

— Vraiment! je suis très-content que vous ne m'y voyiez pas. J'ai peur, jeune homme, que vous ne soyez convaincu par votre aveu.

— D'avoir ri, oui, Monsieur, si c'est un crime; mais il n'est pas dans les règlements.

— Non, Monsieur, mais le manque de respect y

est. Vous riez en allant à la tête du mât. — Mais j'obéis de suite, Monsieur; n'est-ce pas, monsieur Markitall?

— Oui, Monsieur, vous obéissez, mais en même temps vos rires prouvent que vous bravez ce châtiment.

— J'y suis habitué, Monsieur, je passe la moitié de ma vie à la tête du mât.

— Mais, monsieur Templemore, demanda sévèrement le capitaine, ne devriez-vous pas sentir la honte de la punition?

— Oui, Monsieur, si je croyais l'avoir méritée; je ne rirais pas, Monsieur, si vous m'envoyiez à la tête du mât, répondit Templemore prenant son air sérieux.

— Vous voyez, monsieur Markitall, qu'il peut avoir de la gravité, dit le capitaine.

— J'ai fait mon possible pour lui en donner, répondit le premier lieutenant; mais je désire demander à M. Templemore ce qu'il entend par ces mots : Si je l'avais méritée. Veut-il dire que je l'ai puni injustement?

— Oui, Monsieur, répondit hardiment Templemore, cinq fois sur six j'ai été envoyé à la tête du mât pour rien, et c'est la raison pour laquelle ce châtiment m'est indifférent.

— Pour rien, Monsieur! n'est-ce rien que rire?

— Je donne à mon service toute l'attention possible, j'obéis à tous vos ordres, je fais tout ce que je puis pour que vous soyez content de moi, mais vous me punissez toujours.

— Oui, Monsieur, pour rire, et, ce qui est pis, pour faire rire l'équipage.

— Eh bien ! quel mal y a-t-il à cela ? Je pense qu'ils travaillent mieux quand ils sont gais.

— Et qui vous demande vos pensées ? répondit le premier lieutenant très en colère. Capitaine Plumbton, comme ce jeune gentleman juge à propos de se mêler de la discipline du vaisseau, je vous prie de voir quel effet produira sur lui une punition donnée par vous.

— Monsieur Templemore, vous êtes en premier lieu trop libre dans vos discours, et en second lieu vous aimez trop à rire. Il y a un temps pour tout, monsieur Templemore, un temps pour être gai, un temps pour être sérieux. Le gaillard d'arrière n'est pas un endroit convenable pour se divertir.

— Et le passavant non plus, interrompit vivement le jeune homme.

— Et le passavant non plus, vous avez raison; mais vous pouvez rire sur le gaillard d'avant, et quand vous êtes dans votre cabine avec vos compagnons.

— Non, Monsieur, nous ne le pouvons pas, M. Markitall nous renvoie toujours quand il nous entend rire.

— Parce que vous riez toujours, monsieur Templemore.

— Je le crois, Monsieur, si c'est un tort je suis fâché de vous déplaire; mais je n'ai point l'intention de vous manquer d'égards. Je ris en dormant, je ris quand je m'éveille, je ris quand le soleil brille.

je me sens toujours si heureux! Mais, quoique vous
m'envoyiez à la tête du mât, monsieur Markitall, je
ne rirais pas et serais même très-fâché qu'il vous
arrivât quelque malheur.

— Je le crois, jeune homme; je le crois, monsieur
Markitall, dit le capitaine.

— Eh bien! repartit le premier lieutenant, comme
M. Templemore paraît reconnaître son erreur, je
ne veux pas poursuivre ma plainte. J'ai seulement à
vous prier de ne plus rire jamais.

— Vous entendez, jeune homme, ce que dit le
premier lieutenant; c'est très-raisonnable, et je
souhaite ne plus entendre de plaintes contre vous.
Faites-moi savoir, monsieur Markitall, quand le
pied de ce mât de misaine sera réparé, je voudrais le
placer ce soir.

M. Markitall descendit dans l'entre-pont pour
s'en informer.

— Edward, dit le capitaine Plumbton dès que le
lieutenant fut hors de la portée de sa voix, j'ai
beaucoup plus à vous dire sur ce sujet, mais je n'ai
pas le temps. Venez donc dîner avec moi; à ma table, vous le savez, je permets de rire modérément.

Le jeune homme porta la main à son chapeau et
s'éloigna. Sa physionomie exprimait la reconnaissance et le bonheur.

Nous avons raconté cette petite scène pour donner
une idée du caractère d'Edward Templemore. C'était
la joie, la bonne humeur, la bienveillance même. Il
avait même des sentiments d'affection pour le premier lieutenant qui le persécutait à cause de ses

dispositions à rire. Nous ne disons pas qu'Edward
eût raison de rire en tout temps, ou que le premier
lieutenant eût tort d'essayer de réprimer cet excès
d'hilarité. Comme disait le capitaine, il y a temps
pour tout, et les rires d'Edward étaient quelquefois
hors de saison ; mais c'était sa nature, et il ne pouvait s'en empêcher ; il était joyeux comme une matinée du mois de mai ; et il continua pendant longues années à rire de tout, à plaire à tout le monde,
à s'attirer l'affection générale, sans que son esprit
libre, hardi et heureux, fût modifié par les vicissi-
tudes du sort ou par les rudes travaux.

Il servit le temps voulu, fut près d'être renvoyé
pour avoir ri quand il passa son examen, et retourna en mer en riant. Il commandait une chaloupe à l'attaque d'une corvette française, et quand
il fut à bord de ce vaisseau, il fut tellement réjoui
de voir le petit capitaine français sautiller avec sa
rapière, déjà funeste à plusieurs des assaillants,
qu'il ne songea pas à se garantir d'un coup qui l'é-
tendit sur le pont. Pour cette affaire, et en considé-
ration de sa blessure, il fut promu au grade de lieutenant. Il fut mis à bord d'un vaisseau de ligne dans
les Indes occidentales, rit de la fièvre jaune, fut
nommé commandant d'un beau schooner conserve
de ce vaisseau, et envoyé en croisière pour gagner
des parts de prise à l'amiral et de l'avancement
pour lui-même si la fortune le favorisait.

VII. — La baie du Dormeur.

Sur la côte occidentale de l'Afrique est une petite baie qui a reçu plus d'un nom de ceux qui l'ont visitée. Celui par lequel la désignèrent les aventureux Portugais qui les premiers osèrent fendre les vagues de l'Océan méridional, a été oublié lorsqu'ils ont perdu l'empire des mers. On n'a peut-être jamais bien su le nom que lui donnèrent les naturels à tête crépue de la côte : elle est toutefois indiquée dans quelques-unes des vieilles cartes anglaises sous celui de baie du Dormeur.

Rien n'est plus triste que l'aspect de la terre dont la courbure a formé ce petit renfoncement sur une côte qui, percée de peu de havres, n'a cependant pas besoin maintenant d'en avoir davantage. Elle n'offre à la vue qu'un banc de sable d'une blancheur éblouissante, adossé à de petits mamelons formés par le vent. Elle est aride, nue, et dépourvue de toute apparence de végétation. Dans l'intérieur un mirage cache l'aspect du pays, et ne laisse voir que les tiges éparses de quelques palmiers si brisés par la réfraction qu'ils ne présentent à l'imagination aucune idée d'ombre ou de feuillage. L'eau de la baie est calme et unie comme le plus pur miroir. Sur la plage, le murmure le plus léger ne vient point interrompre le silence de la nature; le zéphyr ne souffle point sur sa surface vitreuse chauffée par les rayons brûlants d'un soleil vertical, qui verse des torrents de lumière et de chaleur. Pas un oiseau de mer n'y tourbillonne en son vol, ou ne s'y balance au-dessus des flots, prêt à saisir la proie que son œil perçant découvre au fond des abîmes de l'Océan. Là, tout est silence, solitude et désolation. Seulement, on aperçoit parfois la nageoire de quelque énorme requin, qui se remue lentement dans l'eau échauffée, ou repose engourdi par l'ardeur du milieu du jour. On ne peut concevoir un site aussi stérile, aussi inanimé, aussi peu propre à la vie humaine, à moins que, se reportant aux extrêmes, on ne se représente les froides gelées, le froid perçant et les glaces éternelles des pôles.

A l'entrée de cette baie, sur environ trois brasses d'eau, un navire flottait immobile comme la mort, sans le secours du câble d'embossage qui pendait le long de ses flancs comme un cordage abandonné. Les proportions de ce bâtiment auraient excité l'admiration unanime des hommes capables d'en apprécier la structure, s'il avait été à l'ancre dans le port le plus fréquenté et le plus vivant de l'univers. Ses contours étaient si beaux qu'on eût pu le regarder comme une création du divin architecte, placée par lui sur l'Océan pour ajouter à la beauté et à la variété de ses œuvres; car, depuis l'énorme léviathan jusqu'au plus petit poisson; depuis l'albatros qui perce les nues, jusqu'au pétrel qui présage la tempête, où pouvait-on trouver parmi les hôtes ailés ou écailleux de l'Océan une forme plus belle, plus appropriée à son but, que cet échantillon de l'adresse humaine, dont la construction élégante et les mâts pyramidaux étaient tout ce qui brisait en ce moment ce point de réunion du firmament et de l'horizon de la pleine mer !

Hélas ! ce vaisseau avait été façonné par les ordres de l'avarice pour aider l'injustice et la cruauté ; maintenant même il servait à un usage plus coupable. Il avait été négrier et était alors le célèbre, le redouté schooner-pirate le Vengeur.

Il n'y avait pas un navire de guerre qui n'eût des ordres relativement à ce vaisseau et heureux dans sa carrière de crimes, pas un navire de commerce dans aucune partie du globe navigable dont l'équipage ne frémît en entendant prononcer son nom et au souvenir des atrocités qui avaient été exercées par son équipage endurci. Il avait été partout, à l'est, à l'ouest, au nord, au sud, laissant derrière lui une trace de rapine et de carnage. Il était immobile dans cette baie. Ses flancs étaient peints en noir, avec une petite bande étroite de rouge. Ses mâts étaient propres et lisses, ses huniers, ses traverses, ses chouquets et même ses poulies étaient peints en blanc pur ; des bannes étaient étendues à l'avant et à l'arrière pour protéger l'équipage des rayons ardents du soleil. Les cordages étaient bien halés, et tout indiquait qu'il était sous l'empire de la science maritime et d'une discipline sévère. Le cuivre de sa quille brillait à travers l'eau claire et unie. En regardant par-dessus son couronnement dans la mer azurée, on apercevait distinctement le fond sableux et l'ancre qui reposait alors sous son écusson. A l'arrière flottait une petite barque, et, dans ce calme parfait, le poids de la corde qui l'attachait au schooner semblait l'attirer vers lui.

En allant à bord, notre premier sujet de surprise sera d'être détrompés de l'idée que nous nous étions faite du port de ce bâtiment. Au lieu d'un petit navire d'environ quatre-vingt-dix tonneaux, nous nous apercevons qu'il en porte plus de deux cents; que la largeur de son bau est considérable, et que ses mâts, qui paraissent si légers et si élégants, sont d'une dimension inattendue. Ses ponts sont faits d'étroites planches de sapin, sans la moindre fente ni saillie. Ses cordages sont de chanvre de Manille, attachés solidement à des chevillots d'amarrage en cuivre, ou roués sur le pont, dont la blancheur contraste avec la belle couleur verte des balustrades. Le cabestan et les habitacles sont construits en acajou cannelé, et ornés de cuivre; des grilles de métal protégent les écoutilles vitrées. Les fusils brillants sont disposés en rang en face du grand mât, et les piques d'abordage liées autour du gui.

Au centre du vaisseau, entre le mât de misaine et le grand mât, il y a un long canon de cuivre de 32, placé sur un affût disposé de manière à pouvoir être descendu et mis à l'abri dans les gros temps. De chaque côté du pont sont huit canons de bronze, de plus petit calibre et d'un travail exquis. La construction du *Vengeur* prouve l'habileté de l'architecte, et son équipement un jugement qui n'a rien sacrifié au goût, tout en le prenant constamment pour guide.

Sa propreté et son arrangement indiquent chez le commandant une observation rigoureuse de la discipline, jointe à des connaissances pratiques en navigation ; autrement, comment aurait-il pu poursuivre si longtemps avec succès sa carrière illégale ! comment aurait-il été possible de faire un tout compacte d'une bande de mécréants qui ne craignaient ni Dieu ni les hommes, dont la plupart avaient les mains teintes de sang ou s'étaient rendus coupables d'iniquités plus grandes même que l'assassinat ! C'était parce que celui qui commandait avait sur ses gens une supériorité marquée, en talent, en connaissances professionnelles, en courage et en outre en force physique, car la sienne était presque herculéenne. Malheureusement il était également supérieur à tous en scélératesse, en cruauté, en mépris de toutes les lois morales et divines.

On ne savait qu'imparfaitement quelle avait été la jeunesse de ce personnage ; il était hors de doute qu'il n'eût reçu une excellente éducation, et on disait qu'il était d'une ancienne famille des bords de la Tweed. Par quel concours de circonstances il était devenu pirate, par quelles erreurs il était déchu de sa position sociale et arrivé à être un proscrit, c'est ce qui n'avait jamais été révélé. On savait seulement qu'il avait été pendant quelques années employé à la traite des nègres avant de s'emparer de ce vaisseau, et d'avoir commencé sa carrière de crimes. On le connaissait sous le nom de Caïn, et ce nom lui convenait bien ; car depuis plus de trois ans, selon l'expression de la Genèse, il levait la main contre tous, et tous levaient la main contre lui.

Il avait plus de six pieds anglais. La largeur de ses épaules et de son coffre dénotaient le plus haut degré de force physique qui peut-être ait jamais été accordé à l'homme; ses traits auraient été beaux sans les cicatrices qui les défiguraient. Chose étrange à dire, ses yeux étaient bleus et pleins de douceur. Sa bouche était régulière, et ses dents d'une blancheur nacrée; ses cheveux étaient frisés et flottants; sa barbe, qu'il portait ainsi que tous les matelots du vaisseau-pirate, descendait sur sa poitrine en boucles épaisses et ondoyantes; les proportions de son corps étaient parfaites, mais presque effrayantes par leur grandeur. Son costume était élégant, et bien adapté à sa stature; des pantalons de toile, des bottes de cuir jaune et brut comme on en fait dans les îles Açores, une chemise de coton à larges raies, un cahemire rouge pour ceinture, un gilet broché d'or et une veste de velours noir à boutons d'or en olives pendante sur l'épaule gauche à la mode des marins de la Méditerranée, un turban richement brodé, une paire de pistolets et un long couteau, telles étaient toutes les pièces de son habillement.

L'équipage se composait de cent soixante-quatre hommes de presque toutes les nations; mais il faut remarquer que tous les officiers étaient ou d'Angleterre ou des pays du Nord; les autres, principalement Espagnols et Maltais. Il y avait des Portugais, des Brésiliens, des nègres et autres, qui

complétaient le nombre susdit. Il venait de s'augmenter d'un renfort de vingt-cinq Kroumans, race
de nègres bien connue à présent, qui habitent la
côte voisine du cap Palmas, et sont souvent em-
ployés sur nos vaisseaux de guerre stationnés dans
ces parages pour relever les marins anglais dans
des occupations trop pénibles à ceux qui ne sont pas
acclimatés. Ce sont des hommes athlétiques, bons
marins, d'une humeur joviale, et, au rebours des
autres Africains, toujours âpres au travail. Ils aiment les Anglais, en parlent en général la langue
assez pour se faire comprendre, et sont très-contents
de recevoir le baptême en arrivant à bord. Ils gar-
dent ordinairement toute leur vie le nom qu'on leur
donne, et l'on trouve à présent sur cette côte des
Blücher, des Wellington, des Nelson, etc., qui sont
balayeurs ou chargés de tout autre travail du genre
le plus vil, sans songer que c'est dégrader leurs
illustres patrons.

Il ne faut pas croire que ces gens-là fussent venus
volontairement à bord du pirate; ils avaient servi
sur des vaisseaux anglais faisant le commerce sur
les côtes, et avaient été conservés lors de l'incendie
des navires et du massacre des équipages : ils
avaient reçu la promesse d'une récompense s'ils
faisaient bien leur service, mais ils n'y comptaient
pas et attendaient la première occasion pour s'é-
vader.

Le capitaine du schooner est à l'arrière, sa lunette à la main, parcourant des yeux la pleine mer,
comme s'il attendait un vaisseau prêt à paraître en

vue. Les officiers et l'équipage sont étalés nonchalamment sur le pont, courbés sous le poids de la chaleur et attendant la brise de mer pour éventer leurs fronts desséchés. Avec leurs barbes rudes, leurs poitrines découvertes, leurs physionomies farouches et fatiguées, ils forment un groupe terrible même dans le repos.

Descendons maintenant dans la cabine du schooner. Le mobilier de cet appartement est simple. De chaque côté il y a un lit de repos : contre la cloison du fond est un large buffet, destiné dans l'origine à recevoir des verres et des porcelaines, mais chargé maintenant de vaisselle d'or et d'argent de toute espèce, fruit des pillages du pirate. Les lampes sont également en argent et ont été évidemment faites pour orner la châsse de quelque saint catholique.

Dans cette cabine étaient deux individus sur lesquels nous appellerons l'attention du lecteur. L'un est un Krouman à physionomie ouverte et riante, qui a été baptisé sous le nom du grand Pompée, très-probablement à cause de la grandeur de sa taille. Il porte des culottes de toile à voile, le reste de son corps est nu, et sa peau luisante cache des muscles qu'un anatomiste ou un sculpteur regarderait avec admiration. L'autre est un jeune homme d'à peu près dix-huit ans, d'une physionomie belle et spirituelle, et qui est évidemment d'un sang européen. Il y a sur ses traits une expression de tristesse habituelle. Il est vêtu de la même manière que le capitaine, mais son costume dessine plus gracieusement ses membres délicats et bien proportionnés.

Il est assis sur un sofa à l'avant de la cabine; il tient un livre à la main, lit et lève les yeux alternativement pour surveiller les mouvements du Krouman, qui, faisant les fonctions de maître d'hôtel, arrange et nettoie les objets précieux placés dans le buffet.

— Massa Francisco, voici réellement belle chose! dit Pompée en lui présentant un gobelet d'argent richement ciselé qu'il venait de frotter.

— Oui, répondit gravement Francisco.

— Comment capitaine Caïn avoir cela?

Francisco secoua la tête, Pompée porta un doigt à sa bouche, et ses yeux se fixèrent sur Francisco avec un air d'intelligence.

En ce moment on entendit le personnage en question descendre l'échelle. Pompée recommença à frotter le gobelet d'argent, et Francisco arrêta les yeux sur son livre.

On ignorait le lien qui attachait le capitaine à Francisco; mais, comme celui-ci avait toujours accompagné le capitaine et vivait avec lui, on supposait généralement que c'était son fils, et l'équipage le désignait aussi souvent par le nom de Caïn jeune que par son nom de baptême. On avait remarqué que depuis quelque temps ils avaient eu de fréquentes altercations, et que le capitaine épiait tous les mouvements de Francisco.

— Je pense que je n'interromps pas votre conversation, dit Caïn en entrant dans la cabine, l'instruction que vous pouvez tirer d'un Krouman doit être bien importante.

Francisco ne fit point de réponse, mais il parut continuer sa lecture. Caïn promena ses yeux de l'un à l'autre comme pour lire leurs pensées.

—Que disiez-vous, je vous prie, monsieur Pompée ?

—Moi, massa capitaine, moi dire seulement au jeune massa cela être très-beau ; lui demander où vous l'aviez pris : massa Francisco ne pas dire.

—Qu'est-ce que cela peut vous faire, misérable noir ? s'écria le capitaine en saisissant le gobelet et en lui en assénant sur la tête un coup qui le bossela et renversa le Krouman tout robuste qu'il était. Le sang jaillit, le blessé se leva lentement, étourdi et tremblant de la violence du choc, et sortit de la cabine sans dire mot. Caïn se jetant sur un des équipets placés en face du lit dit avec un sourire amer :

—Voilà vos liaisons, Francisco !

—Ou plutôt voilà votre cruauté et votre injustice envers un homme inoffensif ! répondit Francisco en posant son livre sur la table. Sa question était innocente, car il ne savait pas les particularités qui ont fait tomber ce gobelet entre vos mains.

—Et vous, vous ne les oubliez pas ? Et bien ! soit, jeune homme, mais je vous en avertis de nouveau, comme je vous en ai averti souvent, le souvenir de votre mère m'a seul empêché depuis longtemps de jeter votre corps aux requins.

—Je ne sais quelle influence la mémoire de m. mère peut avoir sur vous, je regrette seulement que, n'importe comment, elle ait eu le malheur d'avoir avec vous quelque relation.

—Elle avait, répondit Caïn, l'influence qu'une femme doit avoir sur un homme quand pendant longues années ils ont dormi ensemble dans le même hamac. Mais cette influence s'affaiblit, je vous le dis franchement; je ne souffrirai pas que sa mémoire même soit un frein pour moi si vous vous conduisez comme vous le faites. Vous m'avez montré de l'éloignement devant l'équipage, vous avez contrarié mes ordres, et j'ai toute raison de croire que vous complotez maintenant contre moi.

—Puis-je m'empêcher de témoigner mon horreur, répondit Francisco, à la vue de tant d'atrocités, de tant de cruautés commises de sang-froid? Pourquoi m'avez-vous amené ici? Pourquoi m'y retenez-vous maintenant? Tout ce que je demande, c'est que vous me permettiez de quitter le vaisseau. Vous n'êtes pas mon père, vous me l'avez dit.

—Non, je ne suis pas votre père, mais... vous êtes le fils de votre mère.

—Cela ne vous donne aucun droit sur moi, même quand vous auriez épousé ma mère; ce qui...

—Je ne l'ai pas épousée.

—J'en rends grâce à Dieu, car un mariage avec vous eût été pour elle un plus grand déshonneur qu'une union passagère.

—Quoi! s'écria Caïn en se levant, saisissant le jeune homme par le cou et l'enlevant de son siége comme si c'eût été une marionnette; mais non, je ne puis oublier votre mère.

Et Caïn lâcha Francisco et se rassit sur l'équipet.

— Comme il vous plaira, dit Francisco dès qu'il se fut remis; il m'importe peu que vous me cassiez la tête ou que vous me jetiez en pâture aux requins, ce ne sera qu'un meurtre de plus.

— Insensé! pourquoi me tentez-vous ainsi? répondit Caïn se levant et sortant précipitamment de la cabine.

La querelle que nous venons de décrire avait été entendue sur le pont, car les portes de la cabine étaient ouvertes et l'écoutille vitrée enlevée pour laisser entrer l'air. La figure de Caïn était rouge quand il monta l'échelle; il aperçut son second debout près de l'écoutille, et plusieurs matelots qui s'étaient reposés sur l'arrière la tête appuyée sur le coude comme s'ils avaient écouté la conversation.

— Cela ne peut aller ainsi, dit Hawkhurst, le second, en secouant la tête.

— Non, répondit le capitaine, fût-il mon propre fils, mais que faire? il ne connaît pas la crainte.

Hawkhurst lui montra le sabord d'entrée.

— Quand je vous demanderai votre avis vous me le direz, reprit le capitaine en se détournant d'un air sombre.

Cependant Francisco, plongé dans de profondes réflexions, arpentait la cabine. Malgré sa jeunesse, la mort lui était indifférente; car aucun lien ne lui rendait la vie précieuse: il se souvenait de sa mère, mais non pas de sa mort, qui lui avait été cachée. A l'âge de sept ans il s'était embarqué avec Caïn à bord d'un négrier et était toujours demeuré avec lui. Jusqu'à cette époque il avait été fondé à supposer que le capitaine était son père. Durant les années qu'il avait passées à faire la traite, Caïn avait consacré beaucoup de temps à l'éducation de l'enfant. Il arriva que, lorsque Caïn la commença, le seul livre qu'on put trouver à bord du bâtiment, fut une Bible appartenant à la mère de Francisco. Ce fut dans ce livre qu'il apprit à lire; et, comme son éducation s'avançait, on lui procura d'autres livres. Il peut sembler étrange que le trafic auquel se livrait son père présumé ne corrompit pas l'esprit de l'enfant; mais il y était habitué dès le plus jeune âge, et considérait les nègres comme une autre espèce : idée que confirmait pleinement la cruauté des Européens envers eux.

Il y a des caractères naturellement si bons et si francs, que même l'exemple et la fréquentation des méchants ne peuvent les corrompre; tel était celui de Francisco. En avançant en âge et en connaissances il pensa davantage par lui-même, et il s'était déjà dégoûté des cruautés pratiquées sur les malheureux noirs quand Caïn s'empara du bâtiment négrier pour en faire un pirate. D'abord les crimes commis n'avaient pas été aussi atroces; on prenait et l'on pillait les navires, mais on épargnait la vie des équipages. La pente du crime est rapide, et, comme, d'après les avis donnés par ceux qui avaient été relâchés, le schooner fut plus d'une fois en danger d'être capturé, on prit le parti de tout massa-

erer; et trop souvent ces meurtres avaient été suivis
de forfaits encore plus abominables.

Le sang de Francisco se glaçait à la vue de ces
affreuses scènes : il avait demandé grâce, mais en
vain. Saisi d'horreur pour le capitaine et son équipage et leurs actes de cruauté, il avait fini par exprimer sans crainte ses opinions et par braver le capitaine; car dans la chaleur d'une dispute Caïn
avait avoué que Francisco n'était pas son fils.

Si l'un des matelots ou des officiers se fût permis
la dixième partie seulement des paroles hardies de
Francisco, il aurait depuis longtemps expié son audace. Mais il y avait pour Francisco dans le cœur
de Caïn un sentiment ineffaçable, c'était celui de
l'habitude. Le jeune homme était son compagnon
depuis des années, et était en quelque sorte devenu
une partie de lui-même. Il y a dans notre nature un
principe qui ne nous abandonne pas, même quand
cette nature est le plus dégradée : c'est de chercher
quelqu'un à aimer, quelqu'un à protéger et à soi-
gner. Ce penchant se manifeste envers un chien ou
tout autre animal, si l'on ne peut le satisfaire avec
un individu de son espèce. C'est ce qui explique
l'attachement qui jusque-là lui avait sauvé la vie.

Après avoir parcouru pendant quelque temps la
cabine de long en large, le jeune homme s'assit à la
place que venait de quitter le capitaine; il aperçut
Pompée, qui passait la tête à la porte de la cabine
et lui faisait signe du doigt.

Francisco se leva, et prenant dans le buffet un
flacon qui contenait un peu de liqueur, il alla à la

porte, et sans dire un mot il le tendit au Krouman.

— Massa Francisco, murmura Pompée, dire...
tous les Kroumans dire... que, si eux se sauver, vous
vous sauver aussi. Pompée dire... tous les Kroumans dire... que si on veut tuer vous, jamais tuer
vous, tant qu'un Krouman vivant.

Le nègre repoussa alors doucement Francisco
avec la main, comme s'il n'eût pas voulu entendre
sa réponse, et s'en alla sur le second pont.

VIII. — L'attaque.

Cependant la brise de mer s'était levée au large
et balayait la surface de la baie où le schooner était
à l'ancre. Le capitaine fit placer un homme sur les
traverses des hunes, lui ordonnant de veiller avec
attention, et se promena sur le pont en compagnie
de son second.

— Il peut n'avoir mis à la voile qu'un jour ou
deux plus tard, dit le capitaine continuant une conversation commencée; j'ai calculé là-dessus, et,
soyez-en sûr, quand il passera a l'est nous le ren-
contrerons bientôt. S'il n'est pas encore en vue ce
soir avant la brune, je gagnerai au large : je connais bien les Portugais. La brise de mer a atteint
notre bâtiment, dites de hisser le grand foc, et veillez à ce que le câble de l'ancre ne surjale pas.

L'après-midi était avancée et le dîner avait été
servi dans la cabine; le capitaine descendit et s'assit

à table à côté de Francisco, qui mangea en silence.
Une ou deux fois le capitaine, dont la fureur s'était
apaisée, et dont l'affection pour Francisco, un moment étouffée, revenait avec plus de force, essaya
inutilement de le faire entrer en conversation.

Tout à coup on cria de la tête du mât :

— Une voile ! ohé !

— C'est lui, s'écria le capitaine en s'élançant de
son siége, et, comme s'il se fût contenu, il se rassit
aussitôt.

Francisco appuya son coude sur la table et se
couvrit les yeux de la main.

— Un grand vaisseau, Monsieur ! dit Hawkhurst
en regardant par l'écoutille vitrée, nous pouvons
voir le second ris de ses voiles de hune.

Le capitaine se hâta d'avaler un peu de vin, jeta
sur Francisco un regard de mépris et de colère et
se précipita sur le pont.

— Alerte, enfants ! s'écria le capitaine après
avoir examiné le vaisseau pendant quelques secondes avec sa lunette ; c'est lui, ferlez les bannes, mettez l'ancre à poste. Il y a plus d'argent dans ce vaisseau, mes amis, que vos coffres n'en contien-
dront.

L'équipage fut aussitôt sur pied, les bannes fer-
lées, et les matelots, saisissant le câble d'embossage, eurent bientôt mis l'ancre à poste. Deux minutes après, *le Vengeur* courait la bordée de tribord,
de manière à couper le malheureux bâtiment. La
brise fraîchit, et le schooner s'élança à travers l'eau
tranquille avec l'impétuosité d'un dauphin qui pour-

suit sa proie. Au bout d'une heure on aperçut distinctement la coque du navire ; mais le soleil était près de l'horizon, et avant qu'on pût s'assurer de la force du bâtiment, le jour avait disparu. Il était impossible de dire si le schooner avait été vu ou non : en tout cas, la course du vaisseau étranger n'avait pas été changée ; et s'il avait vu le schooner, il l'avait évidemment traité avec mépris.

A bord du *Vengeur* on n'était pas dans l'inaction ; le long canon du centre avait été dégagé des objets qui l'environnaient, les autres canons avaient été détachés, les boulets entassés, et tout préparé pour le combat avec la discipline et l'ardeur d'un vaisseau de guerre. Le bâtiment poursuivi était toujours en vue, et le capitaine pirate tenait les yeux fixés sur lui au moyen d'une lunette de nuit. Dans l'espace d'une heure le schooner fut à un mille du bâtiment, et on changea la barre de manière à en venir à une encâblure de distance du côté sous le vent. Caïn se leva sur le plat-bord et héla. On répondit en portugais.

— Mettez en panne, ou je vais vous couler bas ! répliqua-t-il dans la même langue.

Une décharge générale d'une bordée de caronades et une grêle de mousqueterie furent la réponse déterminée des Portugais. La bordée partait de trop haut pour atteindre la coque assez basse du schooner, et pourtant elle ne fut pas sans effet. Le petit mât de hune tomba, le grand pic fut fracassé, et une assez grande partie des manœuvres courantes et dormantes s'abattit bruyamment sur le tilla.

Le feu de mousquerie fut encore plus funeste ; treize des pirates furent blessés, et quelques-uns grièvement.

— Bien, Portugais ! s'écria Hawkhurst, je ne vous aurais jamais crus capables de tirer !

— Ils vont le payer cher, répondit froidement Caïn, qui demeurait encore exposé au feu de l'ennemi.

— Sang pour sang, dussé-je le boire ! observa le second lieutenant blessé au bras gauche et regardant le filet cramoisi qui ruisselait entre ses doigts. Liez-moi mon mouchoir autour de cette plaie, Bill.

Dans l'intervalle Caïn avait fait élever les canons, et l'on rendit la bordée.

— Cela sera bien, mes enfants. A tribord ! mollissez l'écoute. Faites virer, Hawkhurst. Il ne faut pas nous exposer à perdre nos hommes.

Le schooner vira de bord et courut à l'arrière de son adversaire.

Les Portugais s'imaginèrent que le schooner, trouvant une résistance inattendue, avait gagné le large, et ils firent entendre une bruyante acclamation.

— C'est votre dernier cri de joie, mes jolis garçons ! dit Caïn avec un sourire sardonique.

Au bout de quelques moments le schooner était à un mille à l'arrière du vaisseau.

— Maintenant, Hawkhurst, virez encore. Des hommes au long canon, bourrez l'ennemi de boulets. Remplacez le petit mât de hune, réparez les manœuvres.

La proue du schooner fut de nouveau tournée vers le vaisseau. Il était droit derrière lui à un peu plus d'un mille. La coulevrine placée au milieu du schooner fut régulièrement servie; tous les coups passaient par les croisées de la cabine ou par quelque autre partie du navire portugais, et l'enfilaient dans toute sa longueur. En vain il virait de bord et présentait sa bordée au schooner, celui-ci s'arrêtait afin de se tenir à une distance à laquelle les caronades de l'ennemi étaient inutiles, et l'effet de la coulevrine décisif. Le vaisseau était à la merci des pirates, et, comme on pouvait s'y attendre, ils n'en montrèrent aucune. Cette attaque meurtrière dura trois heures, et au bout de ce temps la coulevrine, qui était de bronze, comme nous l'avons dit, fut si échauffée que le capitaine pirate dit à ses gens de cesser le feu. Il était impossible de savoir à cause de l'obscurité si le vaisseau portugais s'était rendu ou non. Pendant qu'on servait la coulevrine, le petit mât de hune et le grand pic avaient été relevés; et, toutes les manœuvres dormantes et courantes mises en bon état, le schooner se mit à distance, et suivit le vaisseau jusqu'au point du jour.

Voyons maintenant ce qui se passait à bord du bâtiment portugais, c'était un navire des Indes orientales, du petit nombre de ceux que le gouvernement portugais envoie dans un pays qui autrefois reconnaissait en entier son autorité, et dont à présent il n'occupe que quelques milles. Il allait à Goa et avait à bord un petit détachement de troupes, un nouveau gouverneur et ses deux fils, un évêque et sa nièce avec sa femme de chambre. La réunion d'une semblable compagnie sur un navire était une circonstance rare, et le bruit en avait été semé long temps avant le départ. Caïn avait depuis quelque mois reçu tous les avis nécessaires sur la cargaison et la destination de ce bâtiment; mais, comme c'est l'usage actuel des Portugais, de longs délais s'étaient succédé, et ce n'était qu'environ trois semaines avant qu'il en avait appris le départ immédiat. Il longea donc la côte jusqu'à la baie dont nous avons parlé pour pouvoir le surprendre en route, et l'événement fut une nouvelle preuve de son jugement et de sa résolution.

Le feu du schooner avait été très-meurtrier; plusieurs matelots et soldats de l'équipage portugais avaient été mis hors de combat l'un après l'autre. Enfin, voyant que toute tentative de résistance était inutile, la plupart de ceux qui étaient encore sains et saufs avaient songé à leur salut et étaient descendus dans les retraites les plus profondes de la cale pour éviter l'atteinte des boulets. Au moment où le schooner cessa son feu pour laisser au canon le temps de se refroidir, il n'y avait plus sur le pont que le capitaine portugais et un vieux marin qui tenait la barre. Au-dessous, dans l'espace étroit du faux pont, étaient entassés le reste de l'équipage et les passagers. Les uns pansaient les nombreux blessés, les autres invoquaient l'assistance des saints; l'évêque, digne vieillard de soixante ans, était agenouillé au milieu du groupe, sur lequel deux ou trois lanternes répandaient une obscure clarté. Parfois il priait avec ferveur, puis il s'interrompait pour donner l'absolution aux blessés agonisants qu'amenaient devant lui leurs camarades. A côté de lui était à genoux sa nièce orpheline, jeune fille d'environ dix-sept ans, qui le suivait des yeux lorsqu'il priait, ou se penchait avec un regard de compassion et des yeux pleins de larmes vers ses compatriotes expirants dont il consolait les derniers moments par sa sainte intervention; de l'autre côté de l'évêque était le gouverneur, don Philippe de Ribiera et ses deux fils, jeunes gens à la fleur de l'âge, tous deux officiers au service du roi. Il y avait de la tristesse sur le front de don Ribiera; il s'attendait au sort le plus affreux et s'y était préparé. Son fils aîné avait les yeux fixés sur Térésa de Silva. Le soir même, en se promenant ensemble sur le pont, ils avaient échangé leurs serments. Le soir même ils s'étaient réjouis du présent et avaient fait de délicieux rêves de bonheur futur. Mais laissons-les pour retourner sur le pont.

• Le capitaine du vaisseau portugais s'était rendu à l'arrière, et s'adressant à Antonio, le vieux marin qui était debout près de la roue :

— Je le vois encore à l'aide de ma lunette, dit-il, Antonio, et cependant il n'a pas tiré depuis près de deux heures; croyez-vous qu'il soit arrivé un accident à la coulevrine? Si cela était, nous aurions quelques chances.

Antonio branla la tête.

— Nous avons peu de chances, j'en ai peur, mon capitaine. Quand ils ont commencé à tirer j'ai re-

connu au son du canon qu'il était de cuivre; aucun
schooner ne peut porter un long canon de fer de ce
calibre. Soyez-en persuadé, ils attendent seulement
que le métal soit refroidi et que le jour paraisse; une
coulevrine ou deux auraient pu nous sauver; mais
maintenant, comme ils ont l'avantage sur nous, nous
sommes à leur merci.

— Qu'est-ce que c'est, un corsaire français?

— Je le souhaite. Nous aurions quelque chance
de revoir notre famille si c'était un Français ; mais
je crains bien que non.

— Qu'imaginez-vous donc que ce soit, Antonio?

— Le pirate dont nous avons tant entendu parler.

— Alors il faut vendre cher notre vie.

— C'est bien notre intention, capitaine, répondit
Antonio en tournant la roue d'un point.

Le jour parut et laissa voir le schooner à l'arrière
à la même distance, sans aucun mouvement aperçu
à bord. Ce ne fut que lorsque le soleil fut à quelques
degrés au-dessus de l'horizon, que la fumée enveloppa de nouveau ses bossoirs.

Le boulet traversa le bois du vaisseau portugais.
Le pirate avait attendu le lever du soleil pour s'assurer s'il n'y avait pas d'autres vaisseaux en vue
avant d'enlever sa proie. Le capitaine portugais
hissa son pavillon sur l'arrière, mais le schooner
n'en montra point; un autre boulet siffla et ravagea
les ponts du malheureux vaisseau, plusieurs de ceux
qui étaient remontés pour savoir ce qui se passait
s'empressèrent de regagner leur asile.

—Faites attention au gouvernail, Antonio, dit le capitaine portugais, je vais descendre et tenir conseil avec le gouverneur.

—N'ayez pas peur, mon capitaine, aussi long-temps que ces membres tiendront les uns aux autres je ferai mon devoir, répondit le vieillard tout épuisé qu'il était par la vieillesse et la fatigue.

Le capitaine descendit dans le faux pont, où il trouva réunie la majeure partie de l'équipage et des passagers.

—Messeigneurs, dit-il en s'adressant au gouverneur et à l'évêque, le schooner n'a point arboré de pavillon quoique nous ayons hissé le nôtre. Je viens savoir ce que vous désirez. Nous ne pouvons faire aucune défense, et je crains bien que nous ne soyons à la merci d'un pirate.

—Un pirate! s'écrièrent plusieurs.

—Silence, mes bonnes gens, silence, dit tranquillement l'évêque. Quant à ce qu'il y a de mieux à faire, je ne puis donner mon avis; je suis un homme de paix et peu propre à tenir place dans un conseil de guerre. Don Ribiera, je m'en rapporte à vous et à vos fils. Ne tremblez pas, ma chère Térésa. Ne sommes-nous pas sous la protection du Tout-Puissant?

—Sainte Vierge, s'écria Térésa, ayez pitié de nous!

—Venez, mes fils, dit don Ribiera, allons sur le pont tenir conseil; que personne ne nous suive, il est inutile de risquer des vies qui peuvent avoir encore quelque valeur.

Don Ribiera et ses fils suivirent le capitaine sur le gaillard d'arrière et tinrent conseil avec Antonio et lui.

— Nous n'avons qu'un moyen, dit le vieux marin au bout d'un instant, amenons pavillon comme pour nous rendre, ils viendront bord à bord et nous aborderont avec le schooner ou leurs bateaux. En tout cas nous verrons le vaisseau, et si c'est un pirate nous vendrons cher nos vies. Si, quand nous amènerons, il nous accoste, comme j'y compte, que tous nos gens soient prêts à combattre en désespérés.

— Vous avez raison, Antonio, répondit le gouverneur, allez à la poupe, capitaine, et amenez le pavillon. Voyons maintenant ce qu'il fait. En bas, mes enfants, et préparez les matelots à faire leur devoir.

Comme Antonio l'avait prédit, dès que le pavillon fut amené, le schooner cessa son feu et fit force de voiles. Il vint accoster la hanche du vaisseau, et le terrible pavillon noir flottait au haut de son grand pic : il lâcha sa bordée contre le bâtiment portugais, et avant que la fumée se fût dissipée, les flancs des deux vaisseaux s'étaient rencontrés et les pirates barbus montaient à l'abordage.

L'équipage portugais et le détachement de troupes formaient encore un corps assez considérable : la vue du pavillon noir avait glacé tous les cœurs, mais le désespoir les ranima.

— Vos couteaux, mes amis, vos couteaux ! cria

Antonio se précipitant au combat et suivi par les plus braves.

— Sang pour sang! s'écria le second lieutenant des pirates en portant un coup au vieillard.

— Sang pour sang! répéta Antonio.

Et son couteau entra dans le cœur du pirate, mais au même moment il tomba lui-même sans vie. La lutte fut terrible, mais le nombre et la férocité des pirates finirent par l'emporter. Suivi par Hawkhurst, Caïn s'élança en avant renversant tout ce qui s'opposait à son passage. D'un coup il fendit la tête de don Ribiera; d'un second coup il renversa le fils aîné pendant que Hawkhurst passait son épée au travers du corps de l'autre. Le capitaine portugais avait déjà succombé et les matelots commençaient à lâcher pied. Il s'ensuivit un massacre général, et l'on jetait à la mer les corps à mesure qu'on égorgeait. En moins de cinq minutes il n'y avait pas un Portugais vivant sur le tillac du malheureux navire.

IX. — La capture.

— Que personne ne descende, Hawkhurst! dit le capitaine pirate.

— J'en ai donné ordre, Monsieur, et j'ai placé des sentinelles aux écoutilles. Faut-il éloigner le schooner?

— Non, la brise est déjà tombée, nous aurons un

calme plat dans une demi-heure. Avons-nous perdu beaucoup d'hommes ?

—Sept seulement, selon mon calcul ; mais nous avons perdu Wallace, le second lieutenant.

—Un peu de promotions ne fera pas de mal, répondit Caïn. Prenez une douzaine de gens d'élite et fouillez le vaisseau. Il y a encore du monde de vivant. A propos, envoyez une garde à bord du schooner ; il est à la merci des Kroumans, et...

—D'une personne qui serait mieux dehors, reprit Hawkhurst. Que faut-il faire de ceux que nous trouverons en bas ?

—Laissez-leur la vie.

—C'est vrai, sans cela nous manquerions de renseignements pour trouver la partie de la cargaison qui nous convient ! dit Hawkhurst allant à l'écoutille pour rassembler ses gens, qui pillaient sur le premier pont et dans la cabine du capitaine.

—Ici, Maltais, ici, regardez s'il y a quelque chose en vue ! dit le capitaine en marchant du côté de la poupe.

Avant que Hawkhurst eût réuni les matelots et les eût envoyés à bord du schooner, comme il arrive dans ces latitudes, un calme plat était survenu.

Où était Francisco durant cette scène de sang ? Il était resté dans la cabine du schooner. Caïn était plus d'une fois descendu auprès de lui pour le déterminer à paraître sur le pont et à monter à l'abordage du portugais, mais en vain. Sa seule réponse aux menaces et aux instances du pirate fut :

—Faites comme il vous plaira, j'en ai pris mon

parti; vous savez que je ne crains pas la mort. Tant
que je resterai à bord de ce vaisseau, je ne prendrai
pas part à vos atrocités. Si vous respectez la mémoire de ma mère, souffrez que son fils cherche une
honnête et honorable existence.

Ces paroles de Francisco retentissaient aux oreilles de Caïn sur le gaillard d'arrière du bâtiment
portugais, et, tout avili qu'il était, il ne put s'empêcher de sentir que le jeune homme l'égalait en courage physique et le surpassait en courage moral. Il
se demandait la conduite qu'il devait tenir à l'égard
de Francisco, quand Hawkhurst parut sur le pont,
suivi de ses matelots, qui entraînaient six individus
échappés au massacre; c'étaient : l'évêque, sa nièce,
une jeune fille portugaise femme de chambre de Térésa, le subrécargue du vaisseau, un sacristain et
un domestique de l'homme d'église. On les fit mettre
en rang sur le pont devant le capitaine, qui jeta sur
eux un regard interrogateur.

L'évêque et sa nièce regardèrent autour d'eux :
l'un, bien que sentant que son heure était venue,
rencontra l'œil de Caïn sans baisser le sien; l'autre,
évitant avec soin le regard du pirate, et cherchant
des yeux s'il y avait d'autres personnes et si son
fiancé était parmi eux; mais elle ne le découvrit pas;
elle ne vit que les faces barbues des pirates et le
sang dont le pont était souillé.

Elle se couvrit la figure de ses mains.

— Amenez-moi cet homme, dit Caïn désignant le
domestique. Qui êtes-vous?

—Un domestique de monseigneur l'évêque.

— Et vous?

— Pauvre sacristain à la suite de monseigneur l'évêque.

— Et vous? cria-t-il au troisième.

— Le subrécargue de ce vaisseau.

— Mettez-le de côté, Hawkhurst.

— Avez-vous besoin des autres? demanda Hawkhurst d'un ton significatif.

— Non.

L'awkhurst donna un signal aux pirates, qui emmenèrent le sacristain et le domestique. On entendit quelques minutes après un cri étouffé et le bruit de corps qui tombaient pesamment à la mer. Cependant le pirate questionnait le subrécargue sur le contenu du vaisseau et son arrimage, quand il fut brusquement interrompu par l'un des pirates, qui raconta avec empressement que le bâtiment avait reçu plusieurs boulets au-dessous de la ligne de flottaison, et qu'il coulait bas.

Caïn était debout, l'épée à la main, auprès d'une caronade, il leva le bras, et de la poignée frappa le pirate à la tête. Peut-être n'avait-il pas l'intention de le tuer, mais toutefois le matelot eut le crâne fracassé et tomba sur le pont.

— Voilà pour votre nouvelle, bavard; si ces gens sont entêtés, nous pouvons avoir travaillé pour rien.

L'équipage sentit la vérité de l'observation du capitaine, et ne parut pas trouver mauvais le supplice infligé; on se contenta d'enlever le corps de l'individu.

—Quelle pitié pouvons-nous attendre de gens qui ne s'en montrent pas entre eux ? dit l'évêque en levant les yeux au ciel.

—Silence ! cria Caïn, qui interrogeait le subrécargue sur ce que renfermait la cale

Le pauvre homme répondait de son mieux.

—Les vases d'or et d'argent, la solde des troupes, où est-ce ?

—L'argent est dans la soute aux liqueurs ; mais, quant aux vases, je n'en sais rien, ils sont dans quelques-unes des caisses appartenant à monseigneur l'évêque.

—Hawkhurst ! allez chercher l'argent dans la soute aux liqueurs ; moi, je m'en vais faire quelques questions à ce révérend père.

—Et le subrécargue, en avez-vous encore besoin ?

—Non, qu'il s'en aille.

Le pauvre homme, prenant ce que disait Caïn pour des paroles de salut, tomba à genoux prêt à exprimer sa reconnaissance, mais les pirates l'entraînèrent ; et il est presque inutile d'ajouter qu'une minute après il était mis en pièces par les requins, qui, ayant senti de loin leur proie, se jouaient en foule autour des deux vaisseaux.

Sans que le capitaine s'en aperçût, Francisco vint rejoindre les groupes formés sur le gaillard d'arrière. Il avait appris par le Krouman Pompée qu'il y avait encore des prisonniers à bord, et parmi eux deux femmes, et il venait demander leur grâce.

—Très-révérend, père. dit Caïn après une courte

pause, vous avez sur ce vaisseau plusieurs objets de
prix ?

— Il n'y en a plus un seul, répondit l'évêque, excepté cette pauvre enfant; elle est, à la vérité, ines-
timable, et sera bientôt, je le crois, un ange du ciel.

— Si ce que vous prêchez est vrai, ce monde est
un purgatoire par lequel il faut passer avant d'arriver à l'autre, et cette jeune fille peut regarder la
mort comme un bonheur, comparée au sort qui l'at-
tend si vous refusez de me dire ce que je veux savoir. Vous avez une quantité assez considérable
d'ornements d'or et d'argent pour vos églises, où
sont-ils ?

— Ils sont parmi les bagages confiés à mes soins.

— Quel est le nombre de ces caisses ?

— Une centaine, sinon plus.

— Daignerez-vous m'apprendre où je trouverai
ce que je demande ?

— L'or et l'argent ne sont pas à moi, c'est la
propriété de ce Dieu auquel ils ont été consacrés!
répondit l'évêque.

— Répondez vite; pas de subterfuges. Où sont-
ils ?

— Je ne le dirai pas, homme souillé de sang! du
moins tu seras déçu dans cette espérance, et la mer
engloutira ces trésors terrestres pour lesquels tu as
rougi tes mains. Pirate! je le répète, je ne le dirai
pas.

— Emparez-vous de cette fille, mes amis! s'écria
Caïn, elle est à vous, faites-en ce que vous vou-
drez.

—Sauvez-moi! oh! sauvez-moi! s'écria Térésa en se cramponnant à la robe de l'évêque.

Les pirates s'avancèrent et portèrent la main sur Térésa. Francisco s'élança de l'endroit où il était derrière le capitaine, et écarta les assaillants.

—Etes-vous des hommes! s'écria-t-il. Saint' homme, je vous honore; mais, hélas! je ne puis vous sauver : je le tenterai pourtant.

—Je vous le demande à genoux, par l'amour que vous portiez à ma mère, par l'affection que vous avez eue pour moi, ne commettez pas cet horrible forfait. Mes amis, continua-t-il en s'adressant aux pirates, unissez-vous à moi pour supplier votre capitaine! vous êtes trop braves pour outrager un enfant innocent et sans appui, pour verser le sang d'un saint homme et de cette pauvre fille tremblante...

Il y eut un moment de silence; les pirates mêmes paraissaient de l'avis de Francisco, bien qu'aucun d'eux n'osât prendre la parole. L'émotion contractait les muscles de la figure du capitaine, mais sans qu'on pût savoir quels sentiments l'agitaient.

En ce moment une circonstance nouvelle vint ajouter à l'intérêt de la scène. La femme de chambre de Térésa, que la terreur retenait à genoux, avait jeté des regards plaintifs sur les matelots du schooner. Tout à coup elle poussa un cri de joie en voyant parmi eux une personne qu'elle connaissait bien.

C'était un jeune homme d'environ vingt-cinq ans, qui avait peu ou point de barbe; il avait été son fiancé dans des jours meilleurs, et depuis plus d'un an elle le croyait mort : car on n'avait jamais entendu parler du vaisseau sur lequel il était parti. Ce vaisseau avait été pris par le pirate, et pour sauver sa vie le Portugais s'était réuni à l'équipage.

—Filippo! Filippo! s'écria la femme de chambre en se précipitant dans ses bras. Madame, c'est Filippo, et nous sommes sauvés.

Filippo la reconnut aussitôt, sa vue lui rappela ses jours de bonheur et d'innocence, et il la pressa dans ses bras.

—Sauvez-les! épargnez-les! par l'âme de ma mère! répéta Francisco en s'adressant encore au capitaine.

—Que Dieu te bénisse, bon jeune homme! dit l'évêque s'avançant et plaçant la main sur la tête de Francisco.

Caïn ne répondit pas, mais l'émotion soulevait sa large poitrine.

—Il est trop tard pour avoir l'argent, capitaine, dit Hawkhurst en paraissant tout à coup, l'eau est déjà à six pieds au-dessus. Il faut tâcher de trouver le trésor.

Cette nouvelle parut refouler le cours des sentiments du capitaine.

—En un mot, Monsieur, dit-il à l'évêque, où est le trésor? Ne plaisantez pas, ou, par le ciel!...

—Ne nommez pas le ciel, répondit l'évêque, vous avez eu ma réponse.

Le capitaine se retourna et donna des ordres à Hawkhurst, qui descendit sous le pont.

—Eloignez cet enfant, dit Caïn aux pirates en désignant Francisco. Séparez ces deux fous ! continua-t-il en regardant Filippo et sa fiancée, qui sanglotaient dans les bras l'un de l'autre.

—Jamais, s'écria Filippo.

—Jetez cette fille aux requins, entendez-vous ! doit-on m'obéir ? s'écria Caïn en levant son coutelas.

Filippo tressaillit, se dégagea des bras de la femme de chambre, tira son couteau, et s'élança vers le capitaine pour le lui plonger dans le cœur.

Avec la rapidité de l'éclair le capitaine saisit la main levée de Filippo, lui rompit le poignet, et le renversa sur le pont.

—Vraiment ! dit-il avec ironie.

—Vous ne nous séparerez pas, dit Filippo essayant de se lever.

—Ce n'est pas mon intention, mon bon ami, répondit Caïn ; liez-les ensemble et jetez-les à la mer !

Les pirates obéirent à cet ordre ; car non-seulement ils admiraient le sang-froid et le courage du capitaine, mais encore ils étaient indignés qu'on eût attenté à sa vie. Il fut facile de lier ensemble le malheureux couple ; ils étaient si serrés dans les bras l'un de l'autre, qu'il aurait été presque impossible de les séparer. Dans cet état, ils furent conduits au sabord d'entrée et jetés dans la mer.

—Monstre ! s'écria l'évêque en les entendant tomber, tu rendras un compte sévère de ce meurtre.

—Maintenant éloignez ces gens, dit Caïn d'une voix sauvage.

L'évêque et sa nièce furent conduits sur le passavant.

— Que vois-tu, bon évêque ? dit Caïn en lui montrant l'eau teinte de sang et le rapide mouvement des nageoires des requins impatients d'une nouvelle proie.

— Je vois des créatures féroces par instinct, répondit l'évêque, qui probablement mettront bientôt en pièces ces faibles membres, mais je ne vois pas de monstre tel que toi. Térésa, ma chère Térésa, ne craignez rien, il y a un Dieu, un Dieu rémunérateur et vengeur !

Mais Térésa avait fermé les yeux pour ne pas voir cet affreux spectacle.

— Vous avez à choisir. D'abord la torture et puis votre corps aux requins, voilà pour vous. Quant à la jeune fille, je vais la livrer à mes matelots.

— Jamais ! s'écria Térésa en s'élançant de la balustrade et disparaissant sous les flots.

L'eau jaillit, les queues des requins la firent écumer, elle perdit peu à peu sa couleur sanglante, et l'on ne vit plus que la vague d'un bleu pur et les monstres insatiables de l'abîme.

—Emparez-vous de lui ! les écrous, les écrous ! la torture lui arrachera son secret ! s'écria Caïn en se tournant vers ses gens, qui, malgré leur scélératesse, avaient été émus de cette dernière catastrophe.

— Ne le touchez pas, s'écria Francisco debout

sur les filets de bastingage, ne le touchez pas, si vous
êtes des hommes !

Bouillant de rage, Caïn lâcha le bras de l'évêque,
tira son pistolet et visa Francisco. L'évêque souleva
le bras du capitaine, détourna le coup et joignit les
mains en levant les yeux au ciel pour le remercier
du salut de Francisco. Dans cette position, il fut saisi
au collet par Hawkhurst, dont la colère surmonta la
retenue, et qui le jeta dans la mer par le sabord
d'entrée.

— Fou officieux ! murmura Caïn en voyant ce
qu'avait fait son second.

Puis, se contenant, il s'écria :

— Emparez-vous de ce jeune homme et amenez-
le ici !

Un ou deux matelots s'avancèrent pour obéir à
son ordre ; mais Pompée et les Kroumans, qui étaient
attentifs à ce qui se passait, s'étaient réunis autour
de Francisco, et une lutte s'engagea. Les pirates,
n'étant pas bien résolus à saisir Francisco, et n'en
ayant pas un vif désir, laissèrent les Kroumans
l'emmener au milieu d'eux et le porter en sûreté
jusqu'au schooner.

Cependant Hawkhurst et la majeure partie des
gens à bord du vaisseau avaient fouillé sans succès
la cale pour y chercher les objets précieux. L'eau
était arrivée au-dessus du faux pont, et il était inutile de poursuivre les recherches. Le vaisseau s'enfonçait rapidement et il devenait nécessaire de le
quitter et de reculer le schooner, qui pouvait être
mis en danger par le tourbillon que le navire for-

morait en sombrant. Caïn, Hawkhurst et leur équipage désappointés retournèrent à bord du schooner,
et avant qu'ils fussent parvenus à éloigner les deux
vaisseaux d'une encâblure, le bâtiment portugais
coula à fond avec tous les trésors convoités.

L'indignation et la rage qu'exprima le capitaine
en se promenant rapidement sur le pont avec son
second, ses gestes violents, prouvèrent qu'il avait
quelque projet sinistre. Francisco ne retourna pas
dans la cabine, il resta à l'avant avec les Kroumans,
qui, bien que ne formant qu'une petite partie de l'é-
quipage, étaient connus pour être déterminés et
nullement à dédaigner. On remarqua qu'ils s'étaient
procuré des armes et étaient serrés les uns contre
les autres, épiant tous les mouvements et toutes les
manœuvres, et échangeant des paroles rapides dans
leur langue naturelle.

Le schooner, toutes voiles dehors, fut dirigé vers
le nord-ouest. Le soleil se coucha, mais Francisco
ne rentra pas dans la chambre. Il descendit avec les
Kroumans, qui l'entourèrent, et paraissaient l'avoir
pris sous leur protection. Une fois durant la nuit
Hawkhurst les appela sur le pont; mais ils n'obéirent pas, et ils ne firent aucune réponse aux questions de l'aide du maître d'équipage qui vint les
trouver.

Il y avait sur le schooner plusieurs pirates qu
paraissaient avoir à l'égard de Francisco les mêmes
sentiments que les Kroumans. Il y a des degrés de
scélératesse dans les sociétés les plus viles; et parm i
l'équipage de pirates, quelques-uns n'étaient pas

entièrement dégradés. Le meurtre du saint homme, le cruel destin de Térésa, la conduite barbare du capitaine envers Filippo et sa fiancée étaient des crimes auxquels les plus endurcis même de l'équipage n'étaient pas accoutumés. En y réfléchissant, les supplications de Francisco pour obtenir grâce n'étaient pas un crime, et cependant ils considéraient Francisco comme condamné. Il était le favori de tous; les moins bien disposés des pirates, à l'exception de Hawkhurst, ne l'aimaient pas, mais ne pouvaient s'empêcher de le respecter. Cependant ils sentaient que, si Francisco demeurait à bord, le pouvoir de Caïn lui-même serait bientôt détruit. Depuis plusieurs mois Hawkhurst, qui détestait le jeune homme, avait fait tous ses efforts pour s'en débarrasser; il pressait le capitaine de s'en défaire n'importe comment; il fit sentir que c'était nécessaire à leur sûreté mutuelle; il représenta à Caïn la conduite des Kroumans, et exprima ses craintes qu'une grande partie de l'équipage ne fût également gagnée à Francisco. Caïn sentit la vérité des discours de Hawkhurst, et descendit dans sa cabine pour décider ce qu'il y avait à faire.

Il était minuit passé lorsque Caïn, épuisé par les émotions diverses de la journée, tomba dans un assoupissement inquiet. Il rêva de la mère de Francisco. Elle lui apparut plaidant la cause de son fils, et Caïn prononça quelques paroles en dormant.

En ce moment Francisco et Pompée s'étaient doucement glissés à l'arrière, pour pouvoir, si le capitaine dormait, s'emparer des pistolets de Fran-

cisco et de quelques munitions. Pompée entra le
premier dans la cabine, et recula en entendant la
voix du capitaine. Il resta à écouter à la porte.

—Non, non, murmurait Caïn, il faut qu'il
meure... c'est inutile... Femme, ne parle pas en sa
faveur. Je sais que je t'ai assassinée... Ne parle pas,
il mourra !

Une veilleuse était allumée dans un des godets
de la lampe d'argent, et jetait assez de lumière pour
faire entrevoir toutes les parties de la cabine.

Francisco, entendant les paroles de Caïn, entra
et alla se placer à côté du lit.

—Enfant ! ne demandez pas grâce, continua
Caïn étendu sur le dos et respirant péniblement.
Silence ! femme, il mourra demain.

Il y eut un moment de silence, comme si l'homme
endormi eût écouté la réponse d'un mystérieux in-
terlocuteur. Caïn poursuivit.

—Oui, je t'ai assassinée, et je l'assassinerai
aussi !

—Malheureux, dit Francisco d'une voix solennelle, tu as tué ma mère !

—Oui, oui, répondit Caïn toujours endormi.

—Et pourquoi ? ajouta Francisco, que cet aveu
du capitaine intéressait au point de ne pas craindre
d'être découvert.

—Dans un accès de colère, elle m'avait mis hors
de moi ! répondit Caïn.

—Scélérat, tu le reconnais donc ! s'écria Francisco à haute voix.

Ces mots réveillèrent le capitaine; mais avant

qu'il eût repris ses sens ou que ses yeux fussent
assez ouverts pour distinguer, Pompée éteignit la
lumière et la cabine resta dans les ténèbres. Il mit
sa main sur la bouche de Francisco et l'entraîna.

— Qui est là ? qui est là ? s'écria Caïn.

L'officier de quart descendit précipitamment.

— Avez-vous appelé, Monsieur ?

— Moi ! dit le capitaine, je croyais qu'il y avait
quelqu'un dans la cabine. Je veux de la lumière,
voilà tout.

Et revenant à lui, il essuya la sueur froide de
son front.

Cependant Francisco, suivi de Pompée, s'était
de nouveau réfugié auprès des Kroumans. Le désespoir du jeune homme s'était transformé en désir
de vengeance. Il n'avait pu se saisir des armes qu'il
allait chercher dans la cabine, mais il était déterminé à arracher la vie du capitaine s'il pouvait y
parvenir. Le matin suivant, les Kroumans refusèrent encore de travailler ou d'aller sur le pont; et
Hawkhurst alla en faire son rapport à son chef. Le
second prit un autre ton, car il avait consulté non
pas la majorité, mais les plus hardis et les plus in-
fluents du bord, qui comme lui étaient vétérans dans
le crime.

— Il faut qu'il périsse, Monsieur, ou vous ne
commanderez plus ce vaisseau, on m'a prié de vous
le dire.

— Vraiment ! répondit ironiquement Caïn : peut-
être avez-vous déjà choisi mon successeur ?

Hawkhur it qu'il avait perdu du terrain, et changea de ton.

— Je ne parle que pour vous; si vous ne commandez pas le schooner, je n'y resterai pas; si vous le quittez, je le quitterai aussi; et il nous faudra en chercher un autre.

Caïn s'apaisa, et la conversation en resta là.

—Tout le monde en haut! dit enfin le capitaine.

L'équipage se réunit sur l'arrière.

— Mes amis, je suis fâché que nos lois m'obligent à faire un exemple; mais il faut punir la révolte et l'insubordination. Je suis également lié comme vous par les règlements que nous avons faits pour nous servir de guide tant que nous ferons voile ensemble. Vous pouvez croire qu'en faisant mon devoir en cette circonstance je suis dirigé par un sentiment de justice et le désir de prouver que je suis digne de commander. Francisco a vécu avec moi depuis son enfance, et il m'est pénible de m'en séparer; mais je suis ici pour veiller à l'exécution de nos lois. Il s'est rendu coupable de révolte et de mépris pour mes ordres, et... il faut qu'il meure.

—Mort! mort! crièrent plusieurs des pirates placés au premier rang, mort et justice!

— Plus de meurtre! dirent plusieurs voix venant de derrière.

— Qui est-ce qui parle?

— Il y a eu trop de meurtres hier, plus de meurtre! crièrent plusieurs voix à la fois.

— Que ceux qui parlent s'avancent! s'écria Caïn avec un regard furieux.

Personne n'obéit à cet ordre.

— Descendez, descendez, mes amis, et amenez-moi Francisco !

Tous les gens de l'équipage descendirent sous le pont, mais avec différentes intentions. Les uns étaient déterminés à s'emparer de Francisco et à le jeter à la mer, les autres à le protéger. On entendit un bruit confus et les cris de : — Saisissez-le ! saisissez-le ! opposés à ceux de : — Plus de meurtre ! plus de meurtre !

Les deux partis avaient pris les armes ; les partisans de Francisco s'étaient réunis aux Kroumans, et les autres avaient essayé de le saisir pour l'amener sur le pont. Il s'ensuivit une légère lutte ; puis ils se séparèrent et purent s'assurer de leurs forces respectives. Francisco voyant qu'il avait été rejoint par une force imposante, dit à ses hommes de le suivre, monta sur l'échelle de l'avant et prit possession du gaillard d'avant. Les pirates qui le soutenaient lui donnèrent des armes, et il se mit à leur tête. Hawkhurst et ses amis s'étaient retirés sur le gaillard d'arrière et ralliés autour du capitaine, qui était appuyé contre le cabestan. Dans cette position, l'avantage du nombre était du côté de Francisco ; mais de celui du capitaine étaient les plus vieux et les plus robustes de l'équipage, et, nous pouvons le dire, les plus résolus. Le capitaine et Hawkhurst reconnurent le danger de leur situation et jugèrent à propos de parlementer d'abord, pour assouvir ensuite leur vengeance. Pendant quelques minutes ils tinrent conseil à voix basse, et enfin Caïn s'avança :

— Mes amis, dit-il en s'adressant aux partisans de Francisco, je ne me doutais pas qu'un brandon de discorde serait jeté sur ce vaisseau. En qualité de capitaine, il était de mon devoir de donner force de loi à nos règlements. Dites-moi donc ce que vous désirez : je ne suis ici que comme votre capitaine et pour recueillir les avis de tout l'équipage. Je n'ai aucune animosité contre ce jeune homme; je l'ai aimé, je l'ai nourri, mais comme une vipère il me pique en retour. Au lieu de nous animer les uns contre les autres, ne devons-nous pas être unis? J'ai donc une proposition à vous faire, et c'est celle-ci : Qu'on aille aux voix sur le sort de Francisco, et, quelle que soit la sentence, je m'y conformerai; en puis-je dire davantage?

— Mes amis, répondit Francisco quand le capitaine eut fini de parler, je crois qu'il vaut mieux accepter cette proposition que de verser du sang. Ma vie est de peu d'importance. Consentez à aller aux voix et à vous soumettre à ces lois, qui, comme le dit le capitaine, ont été rédigées pour régler la discipline du navire.

Les pirates du parti de Francisco se regardèrent, et voyant qu'ils étaient les plus nombreux ils accédèrent à la proposition; mais Hawkhurst s'avança et dit :

— Bien entendu que les Kroumans n'appartenant pas au vaisseau ne pourront voter.

Cette objection était importante, ils étaient vingt-cinq en tout, et ce nombre déduit il était probable que les partisans de Francisco seraient en minorité;

les pirates et Francisco firent des représentations et reprirent une attitude hostile.

— Un moment, dit Francisco en s'avançant, avant de régler ce point, je désire avoir l'avis de vous tous sur une autre de vos lois. Je vous le demande à vous, Hawkhurst, et à tous ceux qui me sont opposés, n'avez-vous pas une loi qui dit : Sang pour sang ?

— Oui, oui ! crièrent tous les pirates.

— Alors que votre capitaine s'avance et réponde à mon accusation s'il l'ose.

Caïn sourit de pitié et s'avança à une toise de Francisco.

— Eh bien ! jeune homme, me voilà, quelle est votre accusation ?

— D'abord, je vous le demande, capitaine Caïn, qui désirez si vivement faire exécuter les lois, reconnaissez-vous la justice de celle-ci : Sang pour sang ?

— Oui, répondit Caïn, et quand il a été versé, celui qui se venge n'est pas punissable.

— C'est bien ; alors, réponds, scélérat, n'as-tu pas assassiné ma mère ?

Caïn frémit à cette accusation.

— Réponds la vérité ou meurs comme un lâche. N'as-tu pas assassiné ma mère ?

Les lèvres et la figure du capitaine se contractèrent, mais il ne fit point de réponse.

— Sang pour sang ! s'écria Francisco. Et il lâcha un coup de pistolet à Caïn, qui chancela et tomba sur le pont.

Hawkhurst et quelques pirates coururent au capitaine et le relevèrent. Le sang coulait à flots de sa blessure.

—Elle doit le lui avoir appris cette nuit, dit Caïn avec effort.

—Il me l'a appris lui-même, dit Francisco se tournant vers ceux qui se tenaient près de lui.

On emporta Caïn dans la cabine : on reconnut que sa blessure n'était pas mortelle; mais la perte de sang avait été rapide et considérable. Au bout de quelques minutes Hawkhurst remonta sur le gaillard d'arrière. Il s'aperçut que les choses avaient tourné à l'avantage de Francisco. La loi de sang pour sang était considérée comme sacrée. Si un pirate en blessait un autre, cet autre avait le droit de le tuer sans être puni; et la connaissance de cette loi rigoureuse empêchait de sanglants conflits entre les pirates, dont autrement les couteaux auraient toujours été prêts à répondre à la moindre insulte. C'était une loi de duel qui tenait en bonne intelligence d'aussi vils associés. Voyant donc que ce sentiment avait prévalu même parmi les adversaires de Francisco, Hawkhurst crut prudent de parlementer encore.

—Hawkhurst, dit Francisco, je n'ai qu'une chose à demander, et si on me l'accorde on mettra fin à cette discussion : c'est d'être mis à terre au premier endroit où nous aborderons. Si vous et les vôtres vous engagez à le faire, je ferai rentrer dans le devoir ceux qui me soutiennent.

— J'y consens, répondit Hawkhurst; et les autres aussi, n'est-ce pas, camarades?

— Accordé, accordé de toutes parts! s'écrièrent
les pirates jetant leurs armes et se mêlant les uns
aux autres comme s'ils n'avaient jamais été en opposition.

Un vieux proverbe dit qu'il y a de l'honneur
parmi les brigands, et on en a fréquemment des
preuves. Tous les matelots savaient que cette convention serait strictement exécutée, et Francisco se
promenait sur le pont aussi tranquillement que si
rien n'était arrivé.

Hawkhurst, qui savait qu'il devait accomplir sa
promesse, descendit examiner soigneusement les
cartes, remonta et changea de deux quarts de plus
au nord la direction du schooner. Le lendemain
matin il passa près d'une demi-heure à la tête du
mât, descendit et changea encore la barre.

Vers neuf heures une île basse et sablonneuse
apparut par le bossoir sous le vent. Quand on en
fut à un demi-mille il fit mettre le schooner en
panne, et fit descendre en mer le canot. Il ordonna
ensuite que tout le monde vînt sur le pont.

— Camarades, il faut tenir notre promesse, qui
est de mettre Francisco à terre au premier endroit
où nous aborderons. Le voilà.

Et un malicieux sourire anima les traits du misérable en leur montrant le banc de sable stérile,
qui ne promettait à Francisco qu'une mort lente et
causée par les tortures de la faim.

Quelques matelots murmurèrent; mais Hawkhurst avait des défenseurs; et d'ailleurs il avait pris sans bruit la précaution d'enlever toutes les armes, à l'exception des siennes et de celles de ses adhérents.

— Une convention est une convention; c'est ce qu'il a demandé lui-même, et nous avons promis de l'exécuter. Faites monter Francisco.

— Me voici, Hawkhurst; et, je vous le dis franchement, tout désolé et tout stérile qu'est ce lieu, je le préfère à votre société. Je vais aller chercher ma malle.

— Non, non; ce n'est pas dans notre convention, s'écria Hawkhurst.

— Tout homme a droit à sa propriété; j'en appelle à tout l'équipage.

— C'est vrai, c'est vrai, répondirent les pirates. Et Hawkhurst eut le dessous.

— Soit.

On disposa dans le canot la malle de Francisco.

— Est-ce tout ? s'écria Hawkhurst.

— Mes amis, dois-je n'avoir ni eau ni provisions? demanda Francisco.

— Non, répondit Hawkhurst.

— Si ! si ! s'écrièrent la plupart des pirates.

Hawkhurst n'osa pas s'y opposer; il tourna la tête. Les Kroumans apportèrent deux barils d'eau et quelques morceaux de porc salé.

— Voici, massa, dit Pompée mettant dans la main de Francisco une ligne à pêcher et des hameçons.

— Merci, Pompée; mais j'ai oublié... ce livre

dans la cabine, vous savez ce que je veux dire?

Pompée fit un signe de tête affirmatif et courut sous le pont; mais il fut quelque temps avant de revenir, et Hawkhurst s'impatientait.

Le canot qu'on avait mis en mer était très-petit, il avait une voile de trêou et deux paires de rames.

— Allons! je n'ai pas de temps à perdre, dit Hawkhurst, au canot!

Francisco donna des poignées de main à quelques gens de l'équipage et leur dit adieu à tous. Maintenant qu'ils le voyaient sur le point d'être jeté sur une île déserte, ses adversaires mêmes éprouvaient quelque sentiment de pitié. Tout en reconnaissant qu'il fallait l'éloigner, la certitude qu'ils avaient de son courage et de sa résolution plaidait auprès d'eux en sa faveur.

— Qui veut conduire ce jeune homme à terre et ramener le canot?

— Ce n'est pas moi, répondit un des matelots, je croirais toujours le revoir ensuite.

Tous parurent de cet avis, car personne ne s'offrit.

Francisco sauta dans le bateau. — Il n'y a place que pour moi et je ramerai moi-même, cria-t-il; adieu, mes amis, adieu!

— Attendez! il ne faut pas qu'il garde le canot, il pourrait s'échapper de l'île, s'écria Hawkhurst.

— Et pourquoi ne se sauverait-il pas, le pauvre garçon? répondirent les matelots. Laissez-lui le canot.

— Oui, oui, laissez-lui le canot.

Hawkhurst se trouva donc encore avoir le dessous.

— Ici, massa Francisco, voilà le livre.

— Qu'est-ce, Monsieur ? s'écria Hawkhurst ar-
rachant le livre des mains de Pompée.

— La Bible de lui, massa. Francisco attendait
son livre.

— Au large ! s'écria Hawkhurst.

— Donnez-moi mon livre, monsieur Hawkhurst ?

— Non, répliqua le mécréant en lançant la Bible par-dessus le couronnement de la poupe, il ne
l'aura pas, j'ai entendu dire que ce livre est la consolation des affligés.

Francisco gagna au large, et saisissant ses rames
il atteignit l'arrière, ramassa son livre, qui flottait
encore, et le mit sécher derrière le banc des rameurs. Il se dirigea ensuite vers le rivage. Cependant le schooner avait déployé sa voile de misaine et
s'était déjà éloigné à un quart de mille au nord.
Avant que Francisco eût atteint le banc de sable, le
bâtiment avait tout son bois hors de vue.

X. — Le banc de sable.

Pendant la première demi-heure que Francisco
passa sur cette île désolée, il regarda s'éloigner le
schooner. Ses pensées étaient vagues et incohéren-
tes; son esprit lui retraçait les diverses scènes qui
s'étaient succédé sur le pont de ce bâtiment, les

différents caractères des hommes qui étaient à bord,
l'impatience qu'il avait eue de le quitter, le dégoût
que lui avait fait éprouver la nécessité de vivre
avec de semblables compagnons.

Le bâtiment s'éloignait, et ses voiles devenaient
de moins en moins distinctes. Il sentit alors qu'il
eût mieux valu rester à bord que d'être abandonné
comme il l'était.

— Non, non ! s'écria-t-il après un instant de
réflexion, plutôt mourir ici que de continuer à être
témoin des cruautés dont j'ai été le spectateur in-
volontaire.

Il fixa encore une fois les yeux sur les voiles
blanches, puis il s'assit sur le sable, et demeura
plongé dans une rêverie profonde et mélancolique,
jusqu'à ce que la chaleur accablante lui rappela sa
position. Il se leva et tourna ses pensées sur sa situation présente et sur les mesures qu'il était à
propos de prendre. Il tira le petit canot plus avant
sur la plage, et en attacha le câblot à l'une de ses
rames qu'il enfonça profondément dans le sable. Il
examina ensuite l'îlot, et trouva qu'une partie seulement n'était pas recouverte par la marée montante. Bien qu'elle s'élevât peu, le banc de sable
était si bas, qu'elle le couvrait presque en entier.
La partie la plus élevée n'était pas à plus de quinze
pieds au-dessus de la limite de la marée, et c'était
une petite éminence d'environ cinquante pieds de
circonférence.

Il résolut d'y transporter ses effets ; il retourna
au bateau, en tira sa malle, l'eau, les provisions et

los différents objets qu'on lui avait laissés, et les apporta un par un à l'endroit qu'il avait choisi pour s'établir. Il tira du canot les rames et la petite voile, qui heureusement y avait été laissée. Ce qu'il y avait de plus difficile à exécuter, c'était de haler le petit canot jusqu'au haut de l'éminence. Après des fatigues considérables, il y parvint en le tournant tour à tour de la proue à la poupe, et réciproquement.

Fatigué et épuisé, il eut recours à l'un de ses barils d'eau. A mesure que le jour s'était avancé, la chaleur était devenue intolérable, et l'obligea à un nouveau travail; il retourna le canot, et essaya de faire tenir la proue et la poupe sur deux petits monticules, de manière à l'élever de deux ou trois pieds au-dessus du sable; il étendit par-dessus la voile avec les tolets en guise de chevilles pour se garantir des rayons du soleil. Il tira les barils et les provisions sous le canot, et laissa sa malle dehors. Après s'être formé une sorte de hutte contre la chaleur du jour et l'humidité de la nuit, il s'y glissa pour s'y abriter jusqu'au soir.

Quoique Francisco ne fût pas monté souvent sur le pont du schooner, il savait assez bien dans quels parages il était. Tirant une carte de sa malle, il examina la côte pour savoir quelle distance pouvait le séparer de ses chances de secours. Il calcula qu'il était sur un des bancs de sable qui sont à la hauteur de la côte de Loango, et à environ sept cents milles de l'île de Saint-Thomas, le lieu le plus voisin où il pouvait s'attendre à rencontrer un visage euro-

péen. Il était convaincu qu'il n'était pas éloigné de
la côte de quarante à cinquante milles; mais pouvait-
il se hasarder au milieu des sauvages qui l'habitaient! Il savait combien ils avaient été maltraités
par les Européens; car à cette époque il était tout
aussi ordinaire aux négriers de débarquer et d'enlever de force les naturels que de les acheter dans
le nord de l'Afrique. Il pouvait néanmoins avoir le
bonheur de rencontrer sur la côte quelque vaisseau
marchand, car il y en avait qui venaient encore faire
des échanges pour de la poudre d'or et de l'ivoire.

Nous ne connaissons pas et nous ne pouvons
concevoir une situation beaucoup plus déplorable
que celle de Francisco. Seul, sans chances de secours, séparé du reste de ses semblables, et n'ayant
de terre solide que ce qu'il en fallait pour l'empêcher d'être englouti par les gouffres profonds de
l'Océan avec lesquels l'horizon s'unissait de toutes
parts autour de lui, des centaines de milles le séparaient de ceux dont il pouvait attendre assistance,
et son seul moyen pour les atteindre était une frêle
embarcation, une coquille de noix, que le premier
grain détruirait inévitablement.

Telles étaient les premières pensées de Francisco; mais il reprit bientôt courage. Il était jeune,
intrépide, soutenu par l'espérance. Il y a un sentiment d'orgueil, de confiance dans nos propres ressources qui s'accroît et nous stimule en proportion
des dangers et des difficultés : c'est l'audace de l'âme
qui en éprouve la céleste origine en l'immortalité.

La chaleur était si étouffante, que Francisco eut

à peine la quantité d'air nécessaire à la vie. Il resta
à l'ombre du bateau durant toute la journée; pas
un souffle de vent ne troublait l'eau transparente,
toute la nature semblait ensevelie dans un horrible
calme. Ce ne fut que lorsque les ombres de la nuit
couvrirent sa solitude, que Francisco s'aventura
à sortir de sa retraite; mais il éprouva peu de sou-
lagement. L'air était singulièrement lourd et suffo-
cant, même pour ces climats. Francisco leva les
yeux au ciel et fut étonné de n'apercevoir aucune
étoile, un brouillard gris couvrait tout le firmament; il regarda l'horizon et ne put le distinguer,
de sombres vapeurs l'obscurcissaient. Il alla à la
pointe du banc de sable, la mer n'était pas même
ridée, et le vaste Océan paraissait dans un état de
stupeur et de léthargie.

Il écarta les cheveux qui tombaient sur son front
fiévreux, regarda encore une fois l'immensité immobile, affreuse, inanimée, se sentit défaillir, se
jeta sur le sable, et y demeura plusieurs heures
dans un état voisin du désespoir. Enfin il se remit,
et, se levant sur ses genoux, il demanda à Dieu de
la force, et se soumit à la volonté du ciel.

Quand il fut sur ses pieds et qu'il eut de nouveau
scruté l'Océan, il s'aperçut qu'un changement rapide s'y opérait. Les sombres vapeurs de l'horizon
'étaient élevées, elles étaient plus denses et plus
opaques; on entendait de sourds murmures. Quoique la mer fût encore unie comme un lac, le vent
semblait souffler au haut des airs; ces signes annonçaient évidemment quelque mouvement prochain.

et le jeune homme continua à regarder la mer.

Enfin les bruits s'accrurent, des bouffées de vent venaient à l'improviste rider pendant une seconde une partie de la mer et disparaissaient rapidement. Puis vinrent des bruits semblables à ceux d'une liqueur qu'on verse sur le feu, des mugissements, et le fracas du tonnerre lointain. Il se rapprocha, une large ligne noire balaya la surface des flots avec une vitesse effrayante, et l'ouragan dans toute sa violence et avec tous ses bruits terribles éclata sur la tête de Francisco.

Le premier coup de vent fut si fort et si violent, qu'il le jeta par terre; et la prudence lui dit de rester dans sa position, car le sable était enlevé par la rafale en tourbillons assez épais pour l'aveugler et l'empêcher de voir à un pied de lui. Il aurait voulu ramper jusqu'à son canot pour y chercher un abri; mais il ne savait dans quelle direction s'avancer. Cela ne dura pas longtemps : l'eau fut bientôt soulevée sur les fortes ailes de l'ouragan, et solidifia le sable en le rendant humide.

Francisco se sentit mouillé et leva la tête. Tout ce qu'il put apercevoir c'est que le firmament était couvert d'un affreux voile de ténèbres, et la mer d'une nappe d'écume blanche comme du lait et en ébullition de tous côtés. Cependant la puissance du vent semblait forcer les flots à rester calmes en les comprimant; mais l'eau avait monté, couvrait la moitié du banc de sable, et poussait devant elle des flocons d'écume qui blanchissaient l'autre moitié.

Les cataractes du ciel s'ouvrirent, et la pluie mê-

lée aux lames soulevées par l'ouragan vint fondre
sur le jeune homme abandonné, qui était encore
couché à l'endroit où il avait été jeté d'abord. Mais
tout à coup l'approche d'une énorme vague lui dit
qu'il était temps de songer à la retraite : la mer
montait avec rapidité; et avant d'avoir fait quelques
pas sur les mains et sur les genoux, il fut de nouveau averti de son danger par une autre vague,
comme si l'Océan l'eût poursuivi. Il fut obligé de
se lever et de courir au point le plus élevé du banc
de sable où il avait placé son canot et ses provisions.

Aveuglé par la pluie et les éclaboussures des lames, il ne pouvait rien distinguer. Soudain il tomba avec violence : il s'était heurté contre un des barils d'eau, et sa tête frappa contre sa malle.

Où était le canot ? Le vent furieux avait dû l'entraîner, il avait disparu. Hélas! toute chance de
salut était donc perdue! Si les vagues courroucées
ne l'emportaient pas, il n'avait plus qu'à prolonger
son existence de quelques jours, et puis à mourir.

L'effet du coup qu'il avait reçu au front, la douleur que lui causa la disparition de son bateau, épui-
sèrent ses forces, et il demeura pendant quelque
temps dans un état d'insensibilité.

Quand Francisco reprit ses sens, la scène était
encore changée : l'étendue immense était maintenant terriblement agitée, et le rugissement des eaux
était égal à celui de l'ouragan. Tout le banc de sable, à l'exception du lieu de sa retraite, était couvert d'une houle écumeuse. Sa retraite même était

parfois envahie lorsqu'une lame plus furieuse que les autres venait expirer à ses pieds.

Francisco se prépara à la mort; mais par degrés les ténèbres des cieux disparurent, et l'horizon s'éclaircit : Francisco espéra.

Hélas! qu'espérait-il?... Qu'il échapperait à une mort imminente pour être victime d'une autre mort plus horrible encore! Il évitait la fureur des flots, qui en l'engloutissant auraient mis un terme instantané à ses douleurs et à ses souffrances, pour périr de faim sous un soleil brûlant, pour être lentement desséché par la chaleur et par la soif!

Et en pensant à cela Francisco se couvrit la face de ses mains.

— O Dieu! dit-il, que ta volonté soit faite; mais, dans ta miséricorde, élève, élève encore plus haut les eaux!

Mais les eaux ne s'élevèrent point. Les hurlements du vent diminuèrent par degrés; les mers écumantes avaient obéi à l'ordre divin : elles avaient été jusque-là, mais pas plus loin.

Le jour vint, le temps devint clair; des teintes rouges annonçant le retour de la lumière et de la chaleur avaient déjà paru du côté de l'horizon, quand les yeux du malheureux aperçurent une masse noire roulant sur les flots tumultueux.

C'était un vaisseau, mais il avait perdu tous ses mâts, à l'exception d'un seul. Il était poussé par le vent droit sur le banc de sable. Par moments sa coque se soulevait, puis elle s'enfonçait de nouveau dans les eaux agitées.

— Il va être mis en pièces, pensa Francisco; il est perdu, les gens du bord ne peuvent apercevoir le banc.

Et, oubliant sa propre situation, il eût voulu pouvoir leur faire des signaux pour les avertir du danger qu'ils couraient.

Pendant ce temps le soleil se leva brillant et joyeux sur cette scène de douleur et d'angoisse. Le vaisseau arrivait rapidement, et les flots le poussaient, prêts à l'engloutir. Il était effrayant de voir sa marche rapide et désespérant de savoir qu'il courait à sa perte.

Enfin Francisco put distinguer ceux qui étaient à bord. Il agita la main, mais ils ne le virent pas; il cria, mais le vent emporta sa voix.

Le vaisseau s'avançait comme s'il eût été condamné par le sort. Il était à deux encâblures du banc quand les gens du bord s'aperçurent de leur danger. Il était trop tard! Ils virèrent de bord; mais plusieurs vagues successives les poussèrent vers le sable. Il toucha : le seul mât qui lui restait tomba à la mer, et les vagues mugissantes se hâtèrent d'accomplir leur œuvre de destruction et de mort.

XI. — Le salut.

Les yeux de Francisco étaient fixés sur le vaisseau, que la mer battait avec une violence épouvantable. Il paraissait y avoir à bord environ huit ou

neuf hommes, qui s'abritaient sous les bastingages
du côté du vent. Chaque lame, en se brisant sur le
flanc du navire et en s'élançant écumeuse sur le
pont, lui imprimait une secousse convulsive, et l'enfonçait plus avant sur le banc.

Enfin il fut si élevé sur le sable que les vagues
avaient en partie épuisé leur fureur lorsqu'elles atteignaient le bois.

Si ce navire avait été fort et bien construit, si
c'eût été un bâtiment charbonnier côtoyant la côte
d'Angleterre, il est presque certain qu'il eût résisté
jusqu'à la fin à la fureur de l'orage, et qu'en restant
à bord l'équipage eût pu échapper; mais, comme
Francisco le supposa avec raison, c'était un brick
américain d'une structure fort différente, construit
pour être fin voilier, très-effilé et mal joint.

On peut facilement supposer que les yeux de
Francisco ne s'éloignèrent pas de l'unique objet
qui pût l'intéresser : l'apparition inattendue et le
danger imminent de ses semblables. Il vit deux
hommes aller aux écoutilles et y pénétrer. Quoique les lames couvrissent le vaisseau, ceux qui
restèrent sur le pont ne refermèrent pas les écoutilles; mais au bout de quelques minutes ce mystère
fut éclairci. Du fond de la cale sortirent, d'abord
l'un après l'autre, et ensuite par douzaines, les
Africains enlevés qui composaient la cargaison.

En peu de temps les ponts en furent couverts.
Les pauvres créatures avaient été relâchées par
l'humanité de deux marins anglais, afin d'avoir
quelque chance de sauver eux-mêmes leur vie. Ce-

pendant on ne fit aucune tentative pour quitter le
vaisseau : serrés les uns contre les autres comme
un troupeau de moutons battu par les vagues. Européens et Africains restaient sur le pont; et à chaque nouveau coup de mer on les voyait se crampon-
ner en tous sens, sans distinction entre les prisonniers et leurs oppresseurs.

Mais la scène changea bientôt. Le bâtiment ne
pouvait tenir longtemps contre la violence des vagues; Francisco le vit soudain se séparer par le milieu, et chacune des parties tomba de son côté. Les
naufragés firent des efforts pour sauver leur vie;
ils flottaient par centaines sur l'élément irrité, et la
blanche écume de l'Océan était parsemée de têtes
noires de nègres qui essayaient de gagner le banc
de sable. C'était un horrible spectacle que celui de
tant d'hommes ballottés à la fois par les flots et me-
nacés de l'éternité. Par intervalles ils étaient près de
la plage, où les poussait une lame effrayante; puis
le flot se retirait, et le mouvement de l'eau en sens
contraire les éloignait. Du grand nombre de ceux
qui nageaient, la moitié avait disparu pour ne plus
reparaître. Francisco voyait avec une douleur amère
la mer les engloutir, sans qu'aucun d'eux eût encore atteint le bord. Enfin il saisit les drisses de la
voile de son canot, qui étaient près de lui, et courut au rivage pour leur procurer des secours; ses
efforts ne furent pas vains. Les flots lançaient sur
la plage des corps en apparence inanimés et les auraient entraînés de nouveau, s'il ne les avait saisis
et ti   sur le sable.

Il continua ainsi jusqu'à ce qu'il y eut quinze nègres étendus sur la plage. Quoique épuisés et sans connaissance, ils n'étaient pas morts, et longtemps avant qu'il eût mis à terre le dernier, par le seul effet de la chaleur du soleil, plusieurs de ceux qu'il avait déjà sauvés avaient repris leurs sens.

Francisco aurait continué sa tâche d'humanité, mais la force des vagues avait mis en pièces le vaisseau, et la baie était couverte de ses débris que les eaux lançaient sur le rivage pour les reprendre ensuite.

En peu de temps les rudes coups qu'il reçut de ces morceaux de bois le mirent dans l'impossibilité de poursuivre, et il tomba épuisé sur le sable; toutes tentatives ultérieures étaient au reste inutiles. Tout ce qui était à bord du vaisseau avait été lancé à la mer, et ceux qui n'étaient pas alors à terre n'avaient plus besoin d'aucun secours.

Francisco alla à ceux qu'il avait sauvés et en trouva douze rétablis et assis sur leurs jarrets; le reste était encore dans un état d'insensibilité. Il retourna à sa retraite, et, se jetant près de ses provisions, il observa ce qui se passait.

Le vent s'était calmé, le soleil brillait de toute sa splendeur, et la mer était beaucoup moins violente; les vagues apaisées, n'étant plus sous l'influence de l'ouragan, venaient se briser majestueusement sur le sable sans avoir rien de la force qu'elles avaient déployée. Toute la plage était jonchée de débris du vaisseau, de mâtereaux et de tonnes d'eau. A chaque instant on voyait le cadavre d'un nègre rouler au gré de la vague et disparaître.

Pendant une heure il regarda et réfléchit, et revint ensuite à l'endroit où étaient assis les nègres, qui n'étaient qu'à quinze toises de lui; ils étaient amaigris et maladifs. Mais, appartenant à une tribu habitante de la côte, et ayant été dès leur enfance accoutumés à être toute la journée dans l'eau, ils s'étaient mieux soutenus que les autres esclaves venant de l'intérieur et que l'équipage européen du vaisseau, qui avait péri en entier.

La chaleur du soleil, si accablante pour Francisco, parut contribuer à ranimer les Africains, et ils se mirent à échanger entre eux quelques mots. Tous étaient revenus à eux, mais ceux qui avaient le plus besoin d'aide étaient négligés par leurs camarades.

Francisco leur fit des signes, mais ils ne le comprirent pas. Il retourna à sa retraite, versa de l'eau d'un de ses barils dans un pot d'étain et le leur porta.

L'eau est un objet de luxe qu'on obtient rarement dans la cale d'un vaisseau négrier. Aussi celui auquel Francisco présenta le vase le saisit-il avec avidité et but-il à longs traits. Il l'aurait vidé, mais Francisco l'en empêcha et présenta le vase à un autre. Il fut obligé de le remplir trois fois avant qu'ils fussent tous désaltérés; il leur porta une poignée de biscuit et les quitta; car il réfléchit que, faute de précautions, tous les vivres seraient bientôt pris et dévorés par eux. Il ensevelit donc à un demi-pied et couvrit de sable les barils d'eau et les provisions. Quand il eut fini son opération, sans être aperçu par les nègres qui continuaient à s'entretenir ensemble, le soleil descendait sous l'horizon.

Francisco avait déjà arrêté son plan : c'était de construire un radeau avec les débris du vaisseau, et, avec l'aide des nègres, d'essayer de gagner le continent. Il s'étendit, pour passer une seconde nuit, sur le sol de ce lieu de désolation, où tant d'événements s'étaient succédé en quelques heures. Après s'être recommandé à la protection du Tout-Puissant, il tomba bientôt dans un profond sommeil.

Il ne se réveilla que lorsque les rayons du soleil vinrent l'éblouir, tant il était accablé par les inquiétudes et la fatigue de la veille et une première nuit d'insomnie et d'angoisses.

Il se leva et s'assit sur sa malle. La scène qui se déroulait devant lui était bien différente de celle du jour précédent. L'Océan dormait, le ciel était serein ; on n'apercevait pas un nuage dans tout le firmament ; l'horizon était clair et bien marqué. Une douce brise ridait la mer d'un bleu foncé, qui était rentrée dans ses premières limites, et avait laissé le banc de sable aussi étendu que lorsque Francisco avait été mis à terre ; mais c'était là tout ce qu'il y avait de beau dans le paysage. Le premier plan était horrible à voir ; toute la plage était couverte de planches du vaisseau, de tonneaux et autres objets entassés dans quelques endroits, jetés les uns sur les autres ; au milieu d'eux étaient les cadavres broyés et mutilés de ceux qui avaient péri, d'autres

cadavres avaient été mis à sec sur la plage, d'autres
encore roulaient au gré des vagues; c'était une
scène de mort et de désolation.

Les nègres qui avaient été sauvés étaient groupés
ensemble et semblaient endormis. Francisco quitta
son poste élevé et se rendit au rivage pour voir les
moyens que le désastre des autres lui procurait
pour assurer son propre salut. A sa grande joie, il
trouva non-seulement beaucoup de tonneaux, dont
plusieurs étaient pleins d'eau douce, mais des provisions en quantité et tout ce qu'il fallait pour faire
un radeau, ainsi que les moyens de soutenir pendant un temps considérable sa vie et celle des
nègres.

Il alla à eux et les appela, mais ils ne répondirent pas et ne firent même aucun mouvement; il
les secoua, mais en vain; le cœur lui battit de crainte
qu'ils ne fussent morts d'épuisement; il poussa l'un
d'eux du pied, et ce ne fut qu'après avoir employé
la force, ce qu'il se serait dispensé de faire en toute
autre occasion, qu'il parvint à le tirer de son état de
léthargie.

Le nègre jeta autour de lui des yeux hagards.
Francisco avait quelque connaissance de la langue
des Kroumans et s'en servit en s'adressant au nègre. A son grand plaisir, on lui répondit dans une
langue qui n'était pas la même, mais qui avait tant
d'affinité avec celle des Kroumans, que les commu-
nications devenaient faciles. Aidé par le nègre, qui
fit encore moins de cérémonie avec ses camarades,
il éveilla les autres. et il s'ensuivit une conférence.

Francisco leur fit comprendre qu'ils devaient faire un radeau et retourner dans leur pays. Il leur expliqua que s'ils restaient là, l'eau et les provisions seraient bientôt épuisées et qu'ils périraient tous.

Les pauvres nègres étaient tentés de le prendre pour un être surnaturel; ils se parlaient entre eux, ils remarquaient qu'il leur avait apporté de l'eau fraîche la veille; ils reconnaissaient qu'il n'appartenait pas au bâtiment naufragé, et ne savaient que croire.

Quelles que fussent les idées de leur imagination, elles produisirent un bon effet : ce fut de leur faire regarder le jeune homme comme un être supérieur et un ami, et de les disposer à lui obéir.

Il les mena à sa retraite et leur dit de creuser le sable, où ils trouvèrent de l'eau douce et du biscuit. Ces aliments, et la manière dont il les leur donna, excitèrent peut-être leur étonnement plus que toute autre chose.

Francisco mangea avec eux, et tirant de sa malle le peu d'outils qu'il possédait, il les pria de le suivre. On rassembla les tonneaux et on les mit à sec. Les vides furent réservés pour faire le radeau. Les mâtereaux furent halés, débarrassés des agrès, qui furent placés à part pour servir de cordes; on étendit pour les sécher une ou deux voiles qu'on trouva roulées. Auprès des mâts, on mit en un monceau les provisions et les objets d'habillement qui pouvaient être utiles.

Les nègres travaillèrent avec ardeur et montrèrent beaucoup d'intelligence. Avant la fin du jour,

6

tout ce qui pouvait avoir quelque valeur était serré avec soin, et les vagues ne balançaient plus que des cadavres et de petits morceaux de bois qui ne pouvaient être d'aucun service.

Nous perdrions trop de temps à raconter tout ce que firent Francisco et les nègres pendant l'espace de quatre jours de travail non interrompu. La nécessité est véritablement la mère de l'industrie, et ils firent preuve de grandes ressources d'esprit avant d'arriver à former un radeau assez grand pour les porter eux et leurs provisions, avec un mât et une voile solidement fixés.

Enfin le radeau fut terminé. Le cinquième jour Francisco et ses gens s'embarquèrent, et s'étant écartés du banc de sable au moyen de perches, ils parvinrent enfin à hisser leur voile.

Une brise favorable les poussa vers la côte avec une vitesse d'environ trois milles à l'heure. Ce ne fut qu'après être arrivés à un demi-mille du banc qu'ils cessèrent d'être infectés de l'affreuse odeur causée par la putréfaction de tant de cadavres qu'ils n'avaient pas eu le temps d'ensevelir. Pendant les deux derniers jours de leur séjour dans l'île, cette odeur était un sujet d'horreur et de dégoût pour les nègres mêmes.

Mais avant la nuit, quand le radeau fut à environ huit lieues du banc de sable, le calme survint et dura jusqu'au lendemain. Une brise s'éleva du sud-est, et ils déployèrent leur voile, ayant le cap au nord.

Ce vent et la direction qu'ils suivaient les écartaient de la terre, mais il n'y avait pas moyen d'y remédier. Francisco remerciait la Providence de ce qu'ils avaient assez de provisions et d'eau pour pouvoir soutenir sans danger quelques jours de vent contraire; mais la brise continua toujours vive et fraîche, et ils se trouvaient dans la baie de Benin.

Au reste, le temps était beau et la mer unie; les poissons volants s'élevaient en foule et venaient tomber sur le radeau, qui s'avançait toujours vers le nord.

Francisco et son équipage noir restèrent ainsi pendant une quinzaine flottant sur le vaste Océan et sans rien apercevoir. C'était toujours le même spectacle, le ciel et l'eau, et au calcul de Francisco ils ne pouvaient pas être éloignés de terre, lorsque le quinzième jour ils aperçurent deux voiles au nord.

Le cœur de Francisco bondit de joie et de pieuse reconnaissance. Il n'avait pas de télescope pour les examiner, mais il gouverna directement vers eux; et à la brune il les reconnut pour un vaisseau et un schooner, tous deux en panne.

Pendant que Francisco les regardait et se demandait de quelle nation ils pouvaient être, le soleil se coucha derrière les deux vaisseaux; et lorsqu'ils eut disparu sous l'horizon, leurs formes furent durant quelques minutes dessinées avec une précision remarquable.

On ne pouvait s'y méprendre, Francisco reconnut *le Vengeur*. Son premier mouvement fut de courir à l'espèce de barre au moyen de laquelle il gouvernait, et de remettre au nord la tête du radeau.

Un moment de réflexion lui fit changer d'avis. Il descendit sa voile pour éviter d'être vu, et observa les mouvements des navires durant le peu de temps de clarté qui lui restait. Il n'avait aucun doute que le vaisseau n'eût été pris, et que la capture n'en eût été suivie des scènes ordinaires de violence et de carnage.

Il était à quatre milles des bâtiments, et au moment où ils disparaissaient à ses yeux, il s'aperçut que le schooner, toutes voiles dehors, manœuvrait à l'ouest. Sentant qu'il ne courait plus risque de tomber entre les mains des pirates, il hissa sa voile dans l'espoir d'atteindre le vaisseau si on ne l'avait pas sabordé, et avec l'intention d'y monter et de faire voile vers le premier port de la côte.

Mais le radeau s'était à peine remis en route que l'horizon s'éclaircit, et il vit que les pirates avaient mis le feu au navire. Il était donc inutile de s'avancer vers lui; et Francisco songeait à tourner encore au nord la tête du radeau, quand une idée vint le frapper. Il connaissait le caractère et la cruauté des pirates, et pensa qu'ils avaient pu laisser à bord des malheureux destinés à périr dans les flammes.

Il continua donc sa course vers le vaisseau incendié; les flammes augmentaient de violence, montaient jusqu'aux mâts et atteignaient les voiles l'une après l'autre.

Le vent fraîchissait, et le navire gouvernait vent arrière, ce qui suffisait pour convaincre Francisco qu'il y avait des hommes à bord. D'abord il parut s'éloigner du radeau ; mais ses voiles ayant été consumées successivement, sa vitesse diminua, et en moins d'une heure Francisco fut près de lui et sous son écusson.

Le bâtiment n'était alors qu'une masse de feu depuis le bossoir jusqu'au grand mât. De la grande cale s'élançait un volume de flamme, qui s'élevait plus haut que les mâts inférieurs et se terminait en énorme colonne de fumée que le vent portait à la proue. Le gaillard d'arrière était encore intact, mais la chaleur y était si intense que ceux qui restaient à bord étaient tous réunis sur le couronnement. Ils étaient là, les uns furieux, les autres dans un muet désespoir, car les matelots du *Vengeur*, dans leur barbarie, avaient enlevé et détruit tous les bateaux pour les empêcher de s'évader.

A la lueur que jetait l'incendie, ceux qui étaient à bord s'étaient aperçus de l'approche de Francisco, qui venait à leur secours, et dès que le radeau fut sous l'écusson, et sa voile abaissée, presque tous les incendiés descendirent au moyen de cordes, ou de l'échelle de l'arrière, et s'y placèrent.

En peu de minutes, sans qu'on eût le temps à peine d'échanger un mot, ils étaient tous hors du brick, et Francisco poussa au large au moment même où des flammes sortaient des fenêtres de la cabine droites et affilées comme des langues de serpents furieux. Le radeau, encombré de douze personnes de plus, gouverna au nord, et dès que ceux qui avaient été sauvés eurent reçu la ration d'eau dont ils avaient tant besoin, Francisco obtint les renseignements qu'il désirait.

Le brick venait de Carthagène, dans l'Amérique du Sud. Il en était parti pour Lisbonne avec don Cumanos, qui possédait de grands biens sur les bords de la rivière de la Madeleine. Don Cumanos avait visité à Lisbonne une partie de sa famille et de là avait fait voile pour les îles Canaries, où il avait aussi des biens. Le vent contraire les avait fait dériver vers le sud, et *le Vengeur* s'était mis à leur poursuite. Le brick était bon voilier, et il avait filé bien des nœuds avant d'être capturé. Le pirate s'en saisit enfin, et n'y trouva qu'une cargaison de peu de valeur pour lui ; car la cale ne contenait que des meubles et autres objets à l'usage de don Cumanos. Irrités et désappointés, les pirates avaient d'abord brisé toutes les barques et avaient mis le feu au vaisseau, prenant soin de ne le quitter que lorsqu'il n'y avait aucun espoir d'éteindre l'incendie. Ainsi, ces scélérats avaient laissé vouées à la mort les innocentes victimes de leur rage.

Francisco écouta attentivement le récit de don Cumanos, et lui apprit de quelle manière il avait quitté le schooner, et ses aventures subséquentes. Francisco avait hâte de faire côte, ou d'être secouru par quelque vaisseau. L'augmentation de l'équipage et la continuation de leur séjour en mer l'obligèrent à réduire les rations d'eau.

Enfin, après tant d'épreuves, la fortune lui fut favorable, le troisième jour un vaisseau parut en vue et les aperçut ; il fit voile vers eux et les recueillit tous à bord. C'était un schooner qui faisait sur la côte le commerce de poudre d'or et d'ivoire; mais les offres magnifiques de don Cumanos le déterminèrent à changer de route et à franchir l'Atlantique pour retourner à Carthagène. Francisco s'inquiétait peu où il allait, il avait trouvé dans don Cumanos un ami sincère.

—Vous avez été mon sauveur, dit l'Espagnol, permettez-moi de vous témoigner ma reconnaissance; venez avec moi.

Comme Francisco était également enchanté de don Cumanos, il accepta l'offre. Ils arrivèrent tous à bon port à Carthagène, et de là se rendirent à sa propriété sur les bords de la Madeleine.

XII. — Le lieutenant.

La dernière fois que nous avons fait mention d'Edward Templemore, il était lieutenant du vaisseau amiral de la station des Indes occidentales, et commandait le schooner de conserve. Le nom de ce navire était *l'Entreprise;* c'était un des deux schooners construits à Baltimore, remarquables par leur beauté et leurs qualités : et cependant, que leurs emplois étaient différents ! Tous les deux avaient été originairement destinés à la traite. Maintenant l'un arborait le pavillon anglais, et croisait sous le nom de *l'Entreprise;* l'autre portait le drapeau noir, et exerçait la piraterie sous celui de *Vengeur.*

L'Entreprise ressemblait assez à son frère le *Ven*
geur; c'est-à-dire qu'elle avait un long canon de
cuivre au milieu, et de plus petits le long de sa bordée. Mais il y avait une grande différence entre
la force de leurs équipages respectifs. *L'Entreprise*
ne comptait pas plus de soixante-cinq marins anglais appartenant au vaisseau amiral. Elle était employée comme l'étaient ordinairement les conserves
de l'amiral, quelquefois à porter des offres de provisions, ou des offres de services, de la part de l'a-
miral.

Cependant, comme les autres vaisseaux de Sa
Majesté, *l'Entreprise* avait ordre de couler, brûler
et détruire tous les bâtiments ennemis qui se pré-
senteraient à elle; mais elle portait ordinairement
des dépêches dont elle ne connaissait pas l'importance réelle, et ne se dérangeait pas de sa route pour
combattre.

Cependant Edward Templemore s'était un peu
détourné de son chemin, et avait récemment capturé
un très-joli corsaire après une chaude action. Il es-
pérait de la promotion; mais l'amiral le trouva trop
jeune, et en conséquence il donna la première place
vacante à son propre neveu, qui était encore beaucoup plus jeune, ce que l'amiral avait entièrement
oublié.

Edward rit en apprenant cette promotion à son
arrivée à Port-Royal. L'amiral, qui s'attendait à le
voir boudeur et désappointé lorsqu'il vint faire son
rapport, fut si charmé de sa bonne humeur, qu'il
fit vœu que Templemore aurait la première vacance;

mais il l'oublia entièrement, parce que, au moment
où une nouvelle place vint à être disponible, Edward se trouva en croisière. Les absents ont tort;
et la vérité de ce proverbe est si bien établie qu'il
peut servir d'excuse à un individu qui a bien à penser à d'autres choses, tel qu'un amiral chargé du
commandement de la station des Indes occidentales.

Le lieutenant Templemore avait donc commandé
l'*Entreprise* pendant près de deux ans, et sans mur-
murer, car il était d'un heureux caractère, et passait une très-heureuse vie. M. Witherington était
très-indulgent pour lui, et lui permettait libérale-
ment de tirer sur lui. Il avait de l'argent à sa dis-
position et à celle de ses amis, et par conséquent
beaucoup de plaisirs.

Entre autres idées, il nourrissait celle de s'établir. Il avait secouru un bâtiment espagnol qui avait
à bord le nouveau gouverneur de Porto-Rico avec
sa famille, et avait pris sur lui de le débarquer sain
et sauf à sa destination. En raison de ce service,
l'amiral anglais reçut une belle lettre, qui se terminait par le vœu modéré que Son Excellence vécût
mille ans, et Edward Templemore une invitation de
venir le voir lorsqu'il passerait de ce côté.

Comme la plupart des invitations, c'était autant
un compliment que le souhait que contenait la lettre
à l'amiral. Il arriva cependant que le gouverneur
espagnol avait une fille qui plut à Edward Templemore.

Elle était vraiment belle, et, comme toutes ses
compatriotes, elle était ardente dans ses affections.

Le peu de jours qu'elle passa à bord avec son père, pendant que *l'Entreprise* escortait au port le vaisseau espagnol, suffit pour mettre en rapport Clara d'Alfarez et Edward Templemore.

Après le débarquement, Edward Templemore fut invité à se rendre à leur résidence. Ils n'habitaient pas la ville, mais une campagne, au sud de l'île, près d'une jolie baie; la maison de ville servait aux affaires et aux réceptions. Elle était trop chaude pour y demeurer constamment, et le gouverneur n'y allait que quelques heures par jour.

Edward Templemore fit un court séjour dans l'île, et à son départ il reçut du père la lettre à l'amiral, et de la fille l'assurance d'une fidélité inaltérable au lieutenant anglais. A son retour il présenta la lettre, et l'amiral fut satisfait de sa conduite.

Quand on l'envoya en croisière, ce qui arrivait toujours quand il n'y avait rien autre chose à faire, il demanda à l'amiral si en venant à passer près de Porto-Rico il ne pourrait y laisser une réponse à la lettre du gouverneur espagnol. L'amiral, qui savait le prix de la bonne intelligence avec les nations étrangères, goûta cet avis, et lui en donna une à remettre s'il le jugeait convenable.

La seconde entrevue, comme on peut le supposer, fut plus tendre que la première de la part de la jeune personne; mais non pas de celle de la duègne et d'un certain moine, qui s'aperçurent bientôt que la jeune fille confiée à leur garde était en danger de contracter des opinions hérétiques.

La prudence devint nécessaire. Le mystère ajoute

toujours des charmes à l'amour. Clara reçut d'Edward une longue lettre et un télescope. La lettre lui apprenait que, lorsqu'il le pourrait, son schooner paraîtrait à la hauteur du sud de l'île, et attendrait un signal qu'elle lui ferait par une certaine croisée pour annoncer qu'elle avait reconnu le vaisseau. La nuit qui suivrait ce signal il irait à terre dans un canot, et la trouverait à un lieu de rendez-vous.

Tout cela était délicieux; Edward parvint quatre ou cinq fois à voir Clara sans être découvert, et à échanger de nouveau son serment avec elle. Il fut convenu entre eux que lorsqu'il quitterait sa station, elle quitterait son père et sa maison, et confierait son futur bonheur à un Anglais et à un hérétique.

Il peut sembler surprenant à quelques-uns de nos lecteurs que l'amiral ne se soit pas aperçu des visites fréquentes de l'*Entreprise* à Porto-Rico. Toutes les fois qu'il revenait, Edward était obligé de soumettre son livre de loch à l'examen de son supérieur; mais celui-ci était content d'Edward et de son ardeur pour les croisières quand il n'y avait pas d'autre occupation. Ses livres de loch étaient portés à terre au secrétaire de l'amiral, soigneusement roulés et cachetés; le secrétaire de l'amiral jetait de côté les paquets, et n'y songeait plus. Edward avait toujours une histoire à faire quand il venait dîner avec l'amiral. D'ailleurs celui qui ne saurait écrire un livre de loch qui pût supporter l'examen, serait indigne de commander un vaisseau. On accorde toujours une certaine latitude dans l'indication des degrés de latitude et de longitude.

L'Entreprise avait été envoyée à Antigoa, et Edward jugea que c'était une excellente occasion pour rendre visite à Clara d'Alfarez.

—Je vous revois encore une fois, ma chère Clara! dit Edward.

—Oui, Edward, encore une fois, mais j'ai peur que ce ne soit la dernière. Ma femme de chambre Inez a été dangereusement malade et s'est confessée au frère Ricardo, je crains beaucoup que dans sa frayeur (car elle se croyait à l'article de la mort) elle n'ait tout révélé. Elle est mieux maintenant.

—Pourquoi vous figurez-vous cela, Clara ?

—Oh! vous ne savez pas quelle fille est cette Inez quand elle est malade. Notre religion n'est pas comme la vôtre.

—Non, ma chère, mais je vous en enseignerai une meilleure.

—Silence, Edward, ne dites pas cela. Si frère Ricardo vous entendait! Je crois qu'Inez doit lui avoir tout conté, car il jette sans cesse sur moi des regards inquiets.

—Dites-lui qu'il se mêle de ses affaires.

—Silence, Edward, ne dites pas cela, vous qui êtes un hérétique. Miséricorde ! si mon père savait cela, nous serions perdus ! séparés pour toujours !

—Il n'y a rien à craindre, Clara. Silence, j'entends du bruit dans ces orangers. Ecoutez.

—Oui, oui, murmura vivement Clara, il y a quelqu'un. Partez, cher Edward, partez !

Edward se retira, et descendant le sentier étroit

et rocailleux qui traversait un taillis, il fut bientôt sur le rivage et dans son canot.

L'Entreprise arriva au chef-lieu de la station, e. Edward vint faire son rapport à l'amiral.

— Il faut vous tenir prêt à vous mettre en route de suite, monsieur Templemore, dit l'amiral, nous avons trouvé votre affaire.

— J'espère que je la trouverai aussi, Monsieur. répondit le lieutenant.

— Je le souhaite, car si vous m'en rendez bon compte on verra à vous mettre sur l'épaule une autre épaulette. Le schooner pirate qui depuis si long-temps infeste l'Atlantique a été vu et chassé par *l'Amélie* à la hauteur des Barbades ; mais il paraît qu'il n'y a dans l'escadre que *l'Entreprise* qui puisse en approcher. Il a depuis capturé deux vaisseaux de la compagnie des Indes occidentales, et on l'a vu gouverner avec eux vers la côte de Guinée. Je vais donc vous donner un renfort de trente matelots et vous envoyer à sa poursuite.

— Merci, Monsieur ! répondit Edward, dont la figure était radieuse.

— Dans combien de temps serez-vous prêt ? demanda l'amiral.

— Demain matin, Monsieur.

— Vous irez dire à M. Hadley de m'apporter votre ordre de départ et celui du renfort, et je les signerai. Mais rappelez-vous, monsieur Templemore, que vous aurez affaire à un rude jouteur. Soyez prudent ; je sais que vous êtes brave.

Edward Templemore promit tout, comme presque

tous le font en pareil cas; et avant le soir du lendemain l'*Entreprise* était au large et faisait force
de voiles.

XIII. — Le débarquement.

La propriété de don Cumanos, où il s'était retiré
avec sa famille, suivi de Francisco, occupait plusieurs milles le long des bords de la Madeleine et
près de son embouchure. C'était un beau sol d'al-
luvion formant une vaste étendue de prairies cou-
vertes de nombreux troupeaux.

La maison n'était pas à cinquante toises de ce
fleuve magnifique, et une anse petite mais profonde
s'avançait jusqu'au pied des bâtiments. Don Cumanos avait des biens plus considérables, car il était
propriétaire d'une mine d'or qui était devenue depuis quelque temps excessivement productive. Cette
mine était à environ quatre-vingts milles plus haut,
près de la ville de Jambrano. On apportait le minerai dans des bateaux qui descendaient le fleuve,
et on le fondait dans des ateliers situés près de l'anse
dont nous venons de parler.

Il est nécessaire de faire remarquer que le domestique du noble Espagnol était nombreux et se
composait de près de cent personnes employées dans
la fonderie ou attachées à son service.

Pendant quelque temps Francisco passa des jours
heureux. Il était devenu le confident et le surin-

tendant de la maison de don Cumanos; il se montra digne d'une fonction aussi importante, et fut regardé comme de la famille.

Un matin, Francisco se rendit à la fonderie pour ouvrir les écoutilles des petits bateaux pontés qui étaient arrivés de Jambrano avec du minerai. Le surintendant près de la mine les tenait invariablement fermés avec un cadenas, et don Cumanos en avait une double clef. Un des chefs d'atelier lui apprit qu'un vaisseau avait jeté l'ancre la veille à la hauteur de l'embouchure du fleuve, qu'il avait appareillé de nouveau de grand matin, et qu'il courait des bordées.

—Il vient sans doute de Carthagène, répondit Francisco.

—Je n'en sais rien, Monsieur! dit Diego. Je ne m'en serais pas occupé; mais Giacomo et Pedro, qui ont été à la pêche hier comme de coutume, au lieu de revenir avant minuit ont disparu sans qu'on en ait de nouvelles.

—Vraiment, c'est étrange! sont-ils jamais restés aussi longtemps dehors?

—Jamais, Monsieur, et il y a sept ans qu'ils pêchent ensemble.

Francisco donna la clef au chef d'atelier, qui ouvrit les écoutilles et la lui rendit.

—Le voilà! s'écria ce dernier. Les hautes voiles parurent à leurs yeux derrière une pointe de terre à une distance d'environ quatre milles. Francisco tourna les yeux vers le vaisseau, et sans faire de remarques il courut à la maison.

—Eh bien ! Francisco, dit Cumanos, qui prenait une petite tasse de chocolat, quelles nouvelles ce matin ?

—La *Nuestra Senora del Carmen* et l'*Aguila* sont arrivés, et je viens d'ouvrir les écoutilles. Il y a un vaisseau à la hauteur de la pointe, qui exige qu'on l'examine, et je viens chercher le télescope.

— Qu'on l'examine ! pourquoi, Francisco ?

—Parce que Giacomo et Pedro, qui ont été à la pêche hier au soir, ne sont pas revenus et qu'on n'en a point de nouvelles.

—C'est singulier; mais quel rapport cela a-t-il avec le vaisseau ?

— C'est ce que je vais expliquer, dès que je l'aurai examiné, répondit Francisco, qui avait pris le télescope et l'avait mis à son point.

Il le fixa sur l'appui de la croisée et examina quelque temps le vaisseau en silence.

—Oui, c'est *le Vengeur*, c'est bien lui, s'écria-t-il après avoir regardé.

—Hein ? s'écria don Cumanos.

— C'est le vaisseau pirate *le Vengeur*, j'en répondrais sur ma vie, don Cumanos, tenez-vous prêt. Je sais qu'ils parlent depuis longtemps de visiter ces parages et qu'ils espèrent un grand butin. Ils ont à bord des gens qui connaissent bien la côte. La disparition de vos deux hommes me prouve que les pirates ont envoyé hier au soir leurs barques pour faire une reconnaissance et qu'ils les ont faits prisonniers. La torture leur arrachera ce qu'on désire savoir d'eux, et je suis presque sûr qu'ils tenteront

une attaque quand ils sauront combien vous possé-
dez d'or en lingots.

—Vous pouvez avoir raison, répondit don Cumanos d'un air pensif, c'est-à-dire si vous avez la
certitude que c'est le vaisseau pirate.

—Si je l'ai, don Cumanos, je connais toutes les
planches, tous les bois de son bord. Il n'y a pas un
cordage, pas une poulie que je ne puisse décrire. A
la distance de quatre milles, avec une lunette comme
celle-ci, je découvre tout ce qui dans ses agrès le
distingue d'un autre navire. Je le jurerais, répéta
Francisco regardant encore à travers le téléscope.

—Et s'ils nous attaquent, Francisco?

—Il faut nous défendre; et nous les vaincrons,
je l'espère. Ils viendront dans leurs barques et de
nuit. S'ils venaient de jour dans le schooner et qu'ils
jetassent l'ancre vis-à-vis nous, nous aurions peu
de chances. Mais ils ne se doutent pas que je suis
ici et qu'on les a reconnus. Ils nous attaqueront
cette nuit, je pense.

—Et que proposez-vous, Francisco?

—Que nous envoyions toutes les femmes chez
\on Teodoro, ce n'est qu'à cinq milles; que nous
réunissions les hommes le plus tôt possible. Nous
sommes assez forts pour les repousser en barricadant
la maison. Ils ne peuvent débarquer qu'au nombre
de quatre-vingt dix à cent, car il faut qu'il en reste
quelques-uns pour garder le schooner. Nous pouvons leur opposer un nombre égal; il sera bon de
promettre à nos gens une récompense s'ils font bien
leur devoir.

— C'est assez juste; et l'or en lingots que nous avons...

— Nous ferons bien de le garder ici; il faudrait trop de temps pour l'enlever, et l'absence des gens que nous chargerions de ce soin diminuerait nos forces. On doit abandonner les fonderies et en ôter tout ce qui a de la valeur. Ils y mettront très-probablement le feu; en tout cas, nous avons assez de temps devant nous si nous commençons de suite.

— Eh bien! Francisco, je vous ferai commandant, et je vous laisse tout disposer pendant que j'irai parler à dona Isidora. Envoyez chercher nos gens, et parlez-leur; promettez-leur des récompenses et agissez comme pour vous-même.

— J'espère me montrer digne de votre confiance, Monsieur! répondit Francisco.

— *Caramba!* s'écria le vieil Espagnol en quitant la chambre; mais il est heureux que vous soyez ici. Nous aurions tous été égorgés dans nos lits.

Francisco envoya chercher les principaux domestiques et leur dit ce à quoi il était convaincu qu'ils devaient s'attendre. Il leur expliqua ses projets. Le reste de la maison fut mandé; Francisco fit sentir à tous qu'ils avaient peu de merci à espérer si les pirates n'étaient pas repoussés, et leur promit des récompenses de la part de don Cumanos s'ils se conduisaient bien.

Les Espagnols sont individuellement braves; encouragés par Francisco, ils s'engagèrent unanimement à défendre la maison jusqu'à la mort.

La maison de don Cumanos était propre à résister

à un assaut de ce genre, dans lequel on n'emploie-
rait que la mousqueterie.

C'était un long parallélogramme en murs de pierre
avec un balcon de bois au premier et unique étage.
Les fenêtres du premier étaient plus nombreuses,
mais il n'y en avait que deux au rez-de-chaussée; et
dans toute la façade de l'édifice il n'y avait d'ouver
ture que la porte.

L'architecture du bâtiment était d'ordre compo-
site, tenant le milieu entre le genre mauresque et
le genre espagnol. Si l'on parvenait à empêcher les
assaillants d'entrer dans la partie inférieure de la
maison, qui était bâtie en pierre, ils combattraient
avec un grand désavantage.

Les croisées d'en bas furent d'abord barricadées;
on empila dans l'intérieur des chambres où elles
donnaient une masse de lourdes pierres qui s'élevait jusqu'aux plafonds en partant d'une base qui
était comme le segment d'une pyramide touchant
au côté opposé de la chambre. On fit tous les préparatifs nécessaires pour barrer solidement la porte
avant la nuit. On fixa des échelles pour monter au
balcon, qui fut mis à l'épreuve des balles jusqu'à la
hauteur des balustrades.

Dans l'après-midi, dona Isidora et toutes les femmes de la maison furent envoyées chez don Teodoro,
et, à la prière de Francisco unie aux instances de
dona Isidora, don Cumanos se détermina à les accompagner.

Don Cumanos appela ses gens, leur dit qu'il laissait Francisco pour les commander, qu'il comptait

qu'ils feraient leur devoir, donna une poignée de main au jeune homme et partit. La cavalcade se perdit bientôt dans les bois, derrière les étroites prairies qui bordaient le fleuve.

On ne manquait ni de fusils ni de munitions. Les uns fondirent des balles, d'autres examinèrent les fusils, dont on ne s'était pas servi depuis longtemps. Avant le soir tout était prêt, chaque homme avait reçu ses armes et ses cartouches. On avait examiné les pierres, et Francisco eut le temps de faire plus d'attention au schooner.

Durant le jour le vaisseau pirate s'était éloigné de la terre, mais il se dirigeait alors du côté du rivage. Une demi-heure avant la brune, quand il fut à trois milles de la plage, il vira de bord et tourna sa proue du côté de la pleine mer.

—Ils nous attaqueront cette nuit, dit Francisco, c'est presque positif. Leurs vergues et leurs palans d'étai sont prêts. Tout annonce qu'ils vont mettre en mer la grande chaloupe.

—Laissez-les venir, senor, nous les recevrons chaudement! dit Diego, qui commandait en second.

Il fit bientôt trop sombre pour apercevoir le vaisseau. Francisco et Diego firent rentrer tout le monde, excepté cinq. La porte fut barricadée avec solidité, et on entassa contre elle intérieurement quelques grands quartiers de roche qu'on avait roulés dans le corridor. Francisco plaça les cinq hommes qu'il avait réservés le long des bords de la rivière, à cinquante toises l'un de l'autre, pour avertir de l'approche des bateaux.

Il était environ dix heures du soir quand Francisco et Diego descendirent du balcon et allèrent examiner leurs postes avancés.

—Senor, dit Diego à Francisco, qui se tenait près de lui sur le bord du fleuve, à quelle heure pensez-vous que ces scélérats viendront nous assaillir ?

—C'est difficile à dire. S'ils ont toujours pour commandant le capitaine qu'ils avaient quand j'étais à leur bord, ce ne sera qu'après le coucher de la lune, qui n'aura lieu qu'à minuit; mais si c'est un autre, il ne sera pas aussi prudent.

—Senor, avez-vous jamais été à bord de ce vaisseau ?

—Oui, Diego, j'y ai été, et pendant longtemps, mais non de ma propre volonté. Si je n'y avais pas été je ne l'aurais jamais reconnu.

—Très-vrai, senor; alors nous pouvons remercier la sainte Vierge que vous ayez été pirate.

—Je ne l'ai jamais été, Dieu merci ! répondit Francisco en souriant; mais j'ai été témoin d'actions affreuses à bord de ce vaisseau, et même à présent le souvenir m'en glace le sang.

Pour passer le temps, Francisco lui raconta quelques-unes des scènes d'horreur qu'il avait vues quand il était sur *le Vengeur*.

Il était au milieu de son récit quand la sentinelle la plus éloignée tira un coup de fusil.

—Ecoutez, Diego.

La suivante et toutes successivement donnèrent le signal que les bateaux étaient en route. Au bout de quelques minutes elles revinrent annoncer que les pirates remontaient le courant dans trois barques, et n'étaient qu'à un quart de mille du lieu de débarquement.

—Diego, rendez-vous à la maison avec ces hommes, et voyez si tout est prêt. Je resterai ici un peu plus longtemps. Mais ne tirez pas avant mon arrivée.

Diego et les sentinelles s'éloignèrent, et Francisco demeura seul sur la rive.

Au bout d'une minute le bruit des rames fut facile à distinguer, et Francisco prêta l'oreille pour tâcher d'entendre leurs paroles.

—Oui, se dit-il, vous venez avez des intentions de meurtre et de pillage, mais grâce à moi vos espérances seront déçues.

Les bateaux approchèrent, et il entendit la voix de Hawkhurst. Le signal des coups de fusil avait annoncé aux pirates qu'ils étaient découverts, et que probablement ils rencontreraient de la résistance. Le silence ne leur était d'aucune utilité.

—Haut les rames, mes amis! s'écria Hawkhurst.

Le premier bateau et bientôt les deux autres cessèrent de ramer. Francisco les voyait distinctement à environ une encâblure de l'endroit où il était placé, et dans le calme de la nuit le son des voix suivait le cours de l'eau et arrivait jusqu'à son oreille.

—Voilà une anse, Monsieur, dit Hawkhurst, qui mène à ces bâtiments. Ne vaut-il pas mieux débarquer là ? Car ils ne sont pas occupés, ils nous serviront de forteresse dans le cas où nous aurions un rude combat à soutenir.

—C'est vrai, Hawkhurst ! répondit une voix que Francisco reconnut aussitôt pour celle de Caïn.

—Il vit donc ! se dit Francisco, et je n'ai pas encore trempé mes mains dans son sang !

—Avancez, mes fils ! s'écria Hawhurst.

Les bateaux entrèrent dans l'anse, et Francisco retourna en hâte à la maison.

—Maintenant, mes amis, dit-il en s'élançant sur le balcon, il faut de la résolution. Nous avons affaire à des hommes déterminés. J'ai entendu la voix du capitaine et de son second ; ainsi il n'y a pas de doute que ce ne soit le pirate. Les bateaux sont dans l'anse, et vont débarquer derrière les fonderies. Retirez les échelles et placez-les sur le balcon ; ne tirez pas sans bien viser. Silence ! mes amis, silence ! Les voici.

On vit les pirates s'avancer en force. Du côté où ils venaient on ne pouvait placer sur le balcon que huit ou dix hommes.

Francisco ordonna donc que dès que les premiers auraient tiré ils se retireraient pour faire place à d'autres et charger leurs fusils.

Quand les pirates se furent avancés à mi-chemin de la maison, sur l'espace qui les séparait des fonderies, Francisco commanda le feu, les pirates y répondirent en poussant un cri et s'avancèrent gui-

dés par Hawkhurst et par Caïn ; mais chemin faisan'
ils reçurent une nouvelle décharge des Espagnols,
et y répondirent encore.

Les Espagnols ne purent d'abord tirer qu'une
douzaine de coups de fusil à la fois. Leurs adversaires s'imaginèrent donc que leur force était beaucoup moindre qu'elle ne l'était réellement. Ils s'é-
tendirent en demi-cercle en face du balcon, et in-
commodèrent les Espagnols en faisant sur eux un
feu continuel. Ceux-ci le leur rendirent pendant
près d'un quart d'heure, et comme tous savaient
se servir de leurs armes, les pirates reconnurent
qu'ils avaient affaire à plus forte partie qu'ils ne
l'avaient cru.

La nuit était sombre, et l'on ne pouvait rien
apercevoir qu'à la lueur passagère des armes à feu.
Caïn et Hawkhurst, laissant leurs gens continuer
le feu, avaient atteint la maison et s'étaient placés
sous le balcon; ils examinèrent les croisées et la
porte, et ils virent qu'il n'était guère possible d'en
forcer l'entrée. Mais une idée se présenta à eux :
ils pensèrent que sous le balcon leurs gens ne seraient pas exposés, et pourraient tirer à travers le
plancher de bois sur ceux qui étaient dessus.

Hawkhurst s'éloigna donc et revint avec environ
la moitié des pirates, laissant les autres continuer
leur attaque comme auparavant; les avantages de
cette manœuvre furent bientôt évidents. Les balles
des pirates percèrent les planches et blessèrent grièvement plusieurs Espagnols. Francisco fut enfin

obligé de dire à ses hommes de se retirer dans la maison, et de tirer par les fenêtres.

Mais ce genre de guerre ne continua pas. Les piliers qui soutenaient le balcon étaient de bois très-sec, les pirates y mirent le feu. Peu à peu les flammes se roulèrent autour des colonnes et leurs langues aiguës vinrent lécher la balustrade. Enfin tout le balcon devint la proie des flammes.

C'était un grand avantage pour les assaillants, qui pouvaient maintenant voir les Espagnols sans en être vus eux-mêmes aussi distinctement. La fumée et la chaleur remplirent l'étage supérieur au point qu'il fut impossible d'y rester, et par l'avis de Francisco on se retira au rez-de-chaussée.

—Que ferons-nous maintenant, senor ? dit Diego d'un air grave.

—Ce que nous ferons ! répondit Francisco ; ils ont brûlé le balcon, voilà tout ; la maison ne prendra pas feu, elle est en pierre de taille ; le toit peut brûler, mais nous sommes encore ici. Je ne vois pas qu'ils soient plus avancés qu'auparavant. Dès que le balcon sera consumé, nous retournerons en haut et nous recommencerons à tirer par les fenêtres.

—Ecoutez, senor ! ils essayent de forcer la porte.

—Ils peuvent essayer longtemps, ils auraient dû le faire pendant que le balcon leur servait d'abri. Dès qu'il sera brûlé, nous serons à même de les chasser. Je vais monter voir comment vont les choses.

7

—Non, senor, c'est inutile. Pourquoi vous exposer à présent que les flammes jettent tant de clarté ?

—Il faut que j'aille voir s'il en est ainsi, Diego; mettez tous les blessés dans la chambre du Nord, c'est la plus sûre et la plus tranquille.

Francisco monta l'escalier de pierre et gagna l'étage supérieur. Les chambres étaient remplies de fumée, et il ne pouvait rien distinguer. Une balle perdue siffla en passant près de lui, il se mit à l'abri derrière l'espace du mur qui les séparait.

Les flammes n'étaient plus aussi violentes et la chaleur était plus supportable. Au bout de quelque temps, plusieurs craquements successifs annoncèrent la chute du balcon. Il regarda par la fenêtre, une masse de décombres enflammés était tombée au bas de la façade et avait pour un moment fait reculer les assaillants. Il ne restait plus du balcon que les bouts des solives fixés dans les murs audessus des fenêtres et les débris encore embrasés des piliers qui l'avaient soutenu.

Mais la fumée s'était dissipée, et deux ou trois coups de fusil avertirent Francisco qu'il avait été aperçu par l'ennemi.

— Le toit est intact, se dit-il en quittant la fenêtre, et maintenant je ne sais si la porte du balcon ne nous est pas avantageuse.

Il était difficile de s'assurer précisément des intentions des pirates. Pendant quelque temps ils cessèrent leur feu, et Francisco retourna auprès de ses camarades. La fumée avait disparu et ils pou-

vaient reprendre leur poste au premier étage ; mais
la lueur des fusils de l'ennemi pouvait seule leur
faire distinguer les objets, et, comme il ne tirait
plus, ils se trouvaient réduits à l'inaction. Les pirates ne firent aucune nouvelle tentative pour forcer la porte ou les croisées du rez-de-chaussée, et
Francisco se creusait en vain la tête pour deviner
leurs projets.

Près d'une heure se passa dans l'attente. Quelques-uns des Espagnols étaient d'avis que les assaillants s'étaient retirés à leurs bateaux et avaient
renoncé à leur dessein, mais Francisco les connaissait mieux. Tout ce qu'il put faire fut de se tenir
au premier étage et de chercher à découvrir leurs
mouvements. Diego et un ou deux autres l'accom-
pagnèrent ; le reste demeura au rez-de-chaussée
pour n'être pas exposé.

—C'a été une terrible nuit, senor. Combien y a-
t-il d'heures d'ici au jour ? dit Diego.

— Deux heures au moins, je pense, répondit
Francisco, mais l'affaire sera décidée avant.

— Que les saints nous protègent ! Voyez, senor,
ne reviennent-ils pas ?

Francisco regarda à travers l'obscurité dans la
direction des fonderies, et vit un groupe s'avancer.
Au bout de quelques instants, ils se dessinèrent net-
tement à ses yeux.

—Oui vraiment, Diego, et ils ont fait des échelles qu'ils portent avec eux. Ils vont tenter d'es-
calader les fenêtres ; appelez tout notre monde,
c'est maintenant qu'il faut combattre avec courage.

Les Espagnols montèrent rapidement et remplirent la chambre du premier, qui avait trois croisées de face donnant sur le fleuve et abritées récemment encore par le balcon.

— Faut-il faire feu, senor ?

— Non, non, ne faites pas feu avant que la bouche de nos fusils soit contre leurs poitrines. Ils ne peuvent monter plus de deux à la fois à chaque fenêtre. Rappelez-vous, mes amis, que voici l'instant de faire tous vos efforts, car il y va de votre vie ; n'en attendez ni quartier ni merci.

L'extrémité de chacune des grossières échelles parut sur l'appui de chaque fenêtre. Elles avaient été construites à la hâte, mais solidement, et étaient presque aussi larges que les fenêtres. Une exclamation bruyante fut suivie d'un assaut général.

Francisco était à la croisée du milieu, quand Hawkhurst s'élança le sabre à la main ; il écarta le canon d'un fusil dirigé vers lui, et la balle siffla sans l'atteindre sur l'eau du fleuve ; un pas encore, et il serait entré ; mais Francisco lui tira un coup de pistolet. La balle pénétra dans l'épaule gauche d'Hawkhurst, qui lâcha prise. Avant qu'il pût ressaisir l'échelle, un Espagnol le poussa avec son fusil et le renversa ; il tomba entraînant avec lui un ou deux de ses camarades qui l'avaient suivi.

Francisco sentit que du moment que Hawkhurst était tombé, l'attaque dirigée contre la fenêtre centrale était de peu d'importance. Il courut à celle de gauche ; car il avait entendu de ce côté la voix de Caïn, qui encourageait ses gens.

Il ne s'était pas trompé. Caïn était à la fenêtre essayant de se frayer un passage, mais repoussé par Diego et d'autres hommes résolus. La ceinture du capitaine pirate était garnie de pistolets. Il en avait déjà déchargé trois, et chaque coup avait porté. Diego et deux des plus braves étaient blessés, et le reste de ses adversaires était effrayé de ses proportions gigantesques.

Francisco se précipita à sa rencontre; mais qu'était la force d'un aussi jeune homme comparée à la vigueur athlétique de Caïn! Cependant Francisco tenait de la main gauche la gorge du pirate et de l'autre son pistolet, quand l'éclair d'un autre pistolet, tiré par un de ceux qui suivaient Caïn, jeta une lumière éclatante sur les traits de Francisco.

— Sang pour sang! s'écria-t-il.

Ce fut assez; à cette apparition, qu'il croyait surnaturelle, le capitaine poussa un cri de terreur, et sauta du haut de l'échelle au milieu des débris encore fumants du balcon.

La chute des deux chefs, la résistance déterminée des Espagnols ralentirent l'impétuosité des assaillants; ils hésitèrent et se retirèrent enfin, emportant avec eux leurs blessés.

Les Espagnols poussèrent un cri de joie, et, conduits par Francisco, ils descendirent et devinrent à leur tour assaillants. La retraite des pirates se fit en ordre; ils faisaient feu, et le rang qui venait de tirer se plaçait derrière les autres.

Ils tinrent les Espagnols en éche jusqu'à ce qu'ils arrivassent aux bateaux.

Alors un combat sanglant s'engagea; mais les pirates avaient perdu trop de monde, et, n'étant plus dirigés par leur commandant, ils se sentaient découragés.

Hawkhurst était toujours sur pied et donnait des ordres avec autant de sang-froid que jamais. Dans le fort de la mêlée, il épia les mouvements de Francisco, s'élança sur lui, le saisit au collet, et l'entraîna au milieu des pirates.

— Assurez-vous de lui! s'écria Hawkhurst pendant qu'ils se retiraient lentement et regagnaient les fonderies.

Francisco fut contenu par le nombre et placé dans un des bateaux, qui quelques minutes après faisaient force de rames pour éviter les balles des Espagnols, qui suivaient les pirates le long des bords de la rivière et les inquiétaient dans leur retraite.

XIV. — L'entrevue.

Les pirates retournèrent tristement à leur vaisseau. Ceux qui étaient à bord s'étaient préparés à recevoir des lingots de métal précieux, et ils n'avaient à recevoir que des blessés. Plusieurs de leurs camarades étaient restés étendus morts sur la plage. Le capitaine était triste et abattu. Hawkhurst était grièvement blessé, et on fut obligé de le transporter dans sa cabine dès qu'il fut à bord.

La seule capture qu'ils eussent faite était celle de Francisco, leur ancien compagnon. Les premières paroles prononcées par Hawkhurst furent l'ordre de le mettre aux fers. Les bateaux furent remontés sans bruit. La tristesse était générale. Le schooner déploya toutes ses voiles et au point du jour les Espagnols le virent bien loin au nord.

La nouvelle se répandit bientôt dans le schooner que Francisco était la cause de leur défaite. Ce n'était qu'une supposition; mais ils songeaient que, s'il n'avait pas reconnu le vaisseau, les Espagnols ne se seraient pas tenus prêts, et des raisons valables transformèrent cette conjecture en certitude. Il devint donc pour la plupart l'objet d'une inimitié jurée; ils attendirent avec joie sa mort, dont son emprisonnement pouvait être considéré comme le précurseur.

— St! massa Francisco! dit une voix basse près de l'endroit où Francisco était assis.

Il tourna la tête et aperçut le Krouman son ancien ami.

— Ah! Pompée, vous êtes encore à bord? dit Francisco.

— Non, pas tous, répondit le Krouman en branlant la tête, quelques-uns mourir, d'autres s'évader, seulement quatre hommes restés Massa Francisco, comment vous revenir encore! tout le monde croire vous mort. Je dis vous pas mort, avoir un talisman avec lui, avoir son livre.

— Si c'était mon talisman, je l'ai encore!
répondit Francisco en tirant la Bible de son sein.

Chose étrange à dire! Francisco avait lui-même,
relativement à cette Bible, une sorte de terreur su-
perstitieuse, et il l'avait mise dans son sein avant
l'attaque faite par les pirates.

— Cela très-bon, massa Francisco; alors vous
tout à fait en sûreté. Voici Johnson, lui très-mé-
chant homme : je me sauve.

Cependant Caïn s'était retiré dans sa cabine,
avec des sentiments qui échappent presque à l'ana-
lyse. Il était dans un état d'égarement. Malgré la
blessure qu'il avait reçue de la main de Francisco,
il n'aurait jamais souffert que Hawkurst le mît à
terre sur une plage où il n'avait à attendre qu'une
mort lente et horrible. Tout irrité qu'il avait été du
défi public du jeune homme, il l'aimait, il l'aimait beaucoup plus qu'il ne se le figurait lui-même.
Lorsqu'il fut en convalescence, et qu'il apprit que
Francisco avait été mis à terre, il s'emporta contre
Hawkhurst, et lui fit des reproches amers que celui-
ci n'oublia ni ne pardonna jamais.

Caïn avait toujours devant les yeux la victime
expirante de faim; cette triste vision ne le quittait
point et le rendait misérable. Son affection pour
Francisco, maintenant qu'il le supposait à jamais
perdu, avait pris une force décuple, et depuis cette
époque on ne l'avait jamais vu sourire. Il devint
plus sombre, plus féroce qu'auparavant, et les
matelots tremblaient quand il se montrait sur le
pont.

L'apparition de Francisco après un aussi long intervalle, dans une partie du globe si éloignée de l'Afrique, produisit sur Caïn un effet profond. Quand on le plaça dans son canot, ses idées étaient encore confuses, et ce ne fut que lorsqu'ils approchèrent du bord qu'il s'aperçut que le jeune homme était véritablement auprès de lui.

Il aurait voulu se jeter à son cou et l'embrasser, car Francisco était devenu pour lui une capture plus précieuse que toutes les richesses des Indes. Un sentiment bon et pur brûlait encore dans le cœur de Caïn. Il était souillé de tous les crimes; il avait les mains teintes de sang, il était en hostilité avec le reste du monde; mais cet unique sentiment brûlait d'une clarté vive et inaltérable, et pouvait devenir un phare pour lui servir de guide et le ramener au repentir et aux bonnes œuvres.

Mais d'autres sentiments assiégeaient en foule l'esprit du capitaine pirate. Il connaissait la fermeté et la résolution de Francisco. Par des moyens extraordinaires et surnaturels aux yeux de Caïn, Francisco avait découvert le genre de mort de sa mère et l'en avait accusé. Le jeune homme ne répondrait-il pas à l'affection de Caïn par de la haine et de la provocation? Il n'y avait que trop lieu de le croire. Alors le caractère sombre et cruel du capitaine reprenait son empire et il songeait à se venger de la tentative dirigée contre sa vie.

Son étonnement à la réapparition de Francisco était également grand, et il tremblait à sa vue, comme si c'eût été son esprit venu pour l'accuser et lui lire sa sentence. Ainsi il errait d'une idée à l'autre et il finit par prendre la résolution de l'envoyer chercher.

Un homme à l'air bourru, que Francisco n'avait jamais vu sur le schooner, vint exécuter les ordres du capitaine, détacha les fers de Francisco et le conduisit dans la cabine.

Le capitaine se leva et ferma la porte.

— Je comptais peu vous voir ici, Francisco ! dit Caïn.

— C'est probable, répondit hardiment Francisco ; mais me voici de nouveau en votre pouvoir, et vous pouvez maintenant assouvir votre vengeance.

— Ce sentiment est loin de mon cœur, Francisco. Je n'aurais pas souffert qu'on vous mît à terre si j'avais su. C'est vous qui avez fait échouer notre expédition, et cependant je n'éprouve point de colère contre vous ; mais je m'attends à avoir de la peine à vous préserver de l'inimitié des autres. Vraiment, Francisco, je suis heureux de vous voir encore vivant, et j'avais pleuré amèrement votre perte.

Et Caïn lui tendit la main, mais Francisco croisa les bras et garda le silence.

— Etes-vous donc si peu disposé à pardonner, reprit le capitaine ; vous savez que je dis la vérité.

— Je le crois, capitaine Caïn, car vous avez trop de fierté : eu égard à ce qui me concerne, vous avez obtenu un pardon aussi étendu que vous pouvez le désirer ; mais je ne puis prendre votre main, et nos comptes ne sont pas encore réglés.

—Que voulez-vous de plus, ne pouvons-nous être amis comme auparavant ? Je ne vous demande pas de rester à bord, vous êtes libre d'aller où il vous plaira. Allons, Francisco, prenez ma main et oublions ce qui s'est passé.

—La main qui est souillée du sang de ma mère peut-être, s'écria Francisco, jamais !...

—Non, elle ne l'est pas, j'en jure par le ciel ! répondit Caïn ; non, mon crime ne va pas jusque-là. J'ai frappé votre mère dans un accès de colère, je l'avoue. Je n'avais pas intention de la tuer, mais le coup que je lui portai la conduisit au tombeau. Je ne mens pas, voilà le fait ; et il est également vrai que je l'ai bien pleurée, Francisco, car je l'aimais autant que je vous aime.

Ici Caïn poursuivit en se parlant à lui-même le front appuyé sur la main et sans songer à la présence de Francisco.

—Ce fut un coup funeste, car il me fit ce que je suis, il endurcit mon cœur. Francisco, ajouta-t-il en relevant la tête, j'étais méchant, mais je n'étais pas pirate du vivant de votre mère. Il y a une malédiction sur moi. Les êtres qui me sont les plus chers sont ceux que je traite le plus mal. Votre mère était celle que j'aimais le plus au monde, et cependant après lui avoir causé bien des tourments j'ai fini par la faire mourir. Après votre mère, dont la mémoire est pour moi un objet d'amour et de vénération, à laquelle je ne puis penser sans trembler, après votre mère, qui m'apparaît toutes les nuits, c'est vous, Francisco, que j'ai le plus aimé, car vous avez comme elle un cœur d'ange, et pourtant je vous ai bien fait du mal ! Vous m'avez accablé de vos reproches, et vous avez eu raison. Si vous aviez eu tort, je n'y aurais pas fait attention. Mais votre indignation était juste, et c'est ce qui m'a mis hors de moi. Le jour, vos representations ; la nuit, celles de votre mère : comment aurais-je pu supporter ce double assaut !

Le cœur de Francisco s'attendrit : à défaut de repentir il y avait du moins de la contrition dans l'âme du capitaine.

—Vraiment je vous plains, répondit Francisco.

—Faites plus, Francisco, soyez mon ami, dit Caïn en lui tendant la main de nouveau.

—Je ne puis prendre cette main, elle est trop profondément imprégnée de sang ! s'écria Francisco.

—C'est ce qu'aurait dit votre mère, mais écoutez-moi, Francisco, dit Caïn en parlant plus bas et craignant d'être entendu. Je suis las de cette vie, fâché peut-être de l'avoir menée. Je veux la quitter. J'ai une somme assez considérable cachée dans un lieu que je connais seul. Dites-moi, Francisco, quitterons-nous tous deux ce vaisseau ? Irons-nous vivre ensemble heureux et sans nuire à nos semblables ? Vous partagerez tout ce que j'ai, Francisco, dites, ce plan vous est-il agréable ?

— Oui, il m'est agréable d'apprendre que vous abandonnerez votre vie criminelle, capitaine Caïn, mais je ne saurais partager vos richesses, car de quelle source viennent-elles ?

—Je ne puis les rendre, Francisco, je les emploierai à faire du bien; Francisco, je me repentirai.

Et il lui tendit de nouveau la main. Francisco hésita.

—Je me repens, Francisco, et que Dieu me soit en aide ! s'écria le capitaine.

— Et moi, comme chrétien, je vous pardonne tout, reprit Francisco.

Et il prit la main qu'on lui tendait encore en ajoutant :

— Que Dieu vous pardonne aussi !

— Ainsi soit-il ! répondit le pirate d'un ton solennel et en se couvrant la figure de ses mains.

Il resta quelques minutes dans cette position, Francisco le regardait en silence. Enfin Caïn se découvrit le front, et Francisco vit avec surprise les yeux du pirate humides et une larme couler le long de sa joue. Il n'attendit plus qu'on lui tendît la main, il s'avança vers le capitaine, la lui prit et la pressa avec chaleur.

— Que Dieu vous bénisse, enfant, que Dieu vous bénisse! dit Caïn, mais laissez-moi.

Francisco revint sur le pont le cœur léger et plein de reconnaissance. Sa physionomie disait à ceux qui l'approchaient qu'il n'avait pas été condamné, et plusieurs de ceux qui n'avaient pas osé lui parler avant cette entrevue vinrent le saluer.

L'homme qui lui avait ôté ses fers le regardait : c'était une créature de Hawkhurst, et il ne savait que faire. Francisco le remarqua, et d'un geste de

la main il lui ordonna de descendre sous le pont. On
vit de suite que Francisco avait repris de l'autorité,
et la première preuve qu'il en fut donnée fut que
le nouveau second lieutenant s'adressa à lui pour
l'avertir qu'on voyait une voile par le bossoir du
vent.

Francisco prit la lunette pour l'examiner ; c'était
un grand schooner faisant force de voiles. Ne vou-
lant pas que personne excepté lui entrât sans la
cabine, il descendit, frappa à la porte avant d'entrer
et fit son rapport.

— Merci, Francisco, pour ce moment remplissez
les fonctions de Hawkhurst, mais ce ne sera pas
longtemps. Ne craignez pas que je fasse une autre
capture ! je vous jure de ne plus en faire, Francisco. Quant à ce schooner, je sais très-bien ce que
c'est. Il nous donne la chasse depuis quelque temps.
Il y a une semaine j'avais hâte de le rencontrer
pour pouvoir encore verser du sang, maintenant je
ferai mon possible pour l'éviter et m'enfuir. Je ne
puis faire plus. Francisco, il ne faut pas que je sois
pris.

— Je ne puis vous blâmer. Il sera facile de
l'éviter, je pense que *le Vengeur* surpasse les plus
fins voiliers.

— A l'exception, je crois, de sa sœur *l'Entreprise*... Ah! c'est une belle occasion, ajouta Caïn
sentant se réveiller ses sentiments belliqueux, et
j'aurais l'air d'un lâche en refusant le combat; mais
ne craignez rien, Francisco, je vous ai fait une
promesse et je la tiendrai.

Caïn alla sur le pont et regarda le vaisseau à l'aide du télescope.

— Ce doit être *l'Entreprise*, dit-il à haute voix de manière à être entendu des pirates, elle a été envoyée exprès par l'amiral et contient l'élite des matelots anglais. Quel dommage que nous soyons si à court d'hommes !

— Nous en avons encore assez, Monsieur! observa le maître d'équipage.

— Oui, répondit Caïn, s'il y avait autre chose à gagner que des coups; mais voilà tout, et il faut épargner la vie de nos matelots. Virez de bord, poursuivit-il en allant à l'arrière.

L'Entreprise, car c'était elle, était alors à environ cinq milles de distance au vent du *Vengeur* et voguant vers lui. Dès que le *Vengeur* eut viré, *l'Entreprise* déploya ses bonnettes de hune et boulina les voiles. Elle se trouva ainsi sur la hanche du vent du *Vengeur*, qui avait mis toutes voiles dehors.

Les pirates étaient fatigués de leurs combats précédents, ils n'étaient excités ni par la présence de Hawkhurst ni par les désirs du capitaine, et montraient autant d'empressement à éviter la bataille qu'ils en témoignaient ordinairement pour la chercher.

Au premier assaut de vitesse entre les deux schooners, il n'y eut pas de différence sensible; pendant une demi-heure, ils continuèrent à voguer à la même distance; et lorsque Edward Templemore examina une seconde fois son quart de cercle, il ne s'aperçut pas qu'il eût gagné une encâblure sur *le Vengeur*.

— Ecartons-nous d'un demi-quart, dit Edward à son second, nous pouvons le faire sans perdre l'avantage du vent.

Cette manœuvre fut exécutée, et *l'Entreprise* augmenta de vitesse. Elle s'approcha de plus d'un quart de mille du *Vengeur*.

— Ils approchent, dit Francisco, il faut nous écarter d'un quart.

Le Vengeur eut bientôt regagné la distance qu'il avait avait perdue, mais *l'Entreprise* courait comme le vent.

Ils continuèrent ainsi à changer de direction jusqu'à ce qu'ils eurent déployé les bonnettes hautes et basses et que leur position relative fut changée : *l'Entreprise* étant sur la hanche de tribord du *Vengeur* et non plus sur celle de bâbord. La distance entre les deux schooners était cependant à peu près la même, c'est-à-dire d'à peu près trois mille et demi; tout semblait présager à *l'Entreprise* une chasse longue et fatigante. Elle s'écarta encore d'un quart enfin de se rapprocher du *Vengeur*. Les deux vaisseaux avaient le cap à l'est.

Environ une heure avant la nuit une autre voile parut en vue à l'avant du *Vengeur* : c'était une frégate. Les pirates furent alarmés de cette malheureuse rencontre, car il était certain que c'était un croiseur anglais. Dans le cas contraire, ils devaient également s'attendre à voir la frégate aider *l'Entreprise* à les capturer.

La frégate avait aussi aperçu les deux schooners et elle faisait force de voiles, virant vent devant tous les quarts d'heure pour conserver sa position relative. *L'Entreprise*, qui avait aussi aperçu la frégate, commença à faire feu de sa couleuvrine pour attirer l'attention, bien qu'elle ne fût pas à portée du *Vengeur*.

— La position n'est pas commode, dit Caïn.

— Il fera nuit dans moins d'une heure, dit Francisco, et c'est notre unique chance.

Caïn réfléchit une minute.

— Préparez la couleuvrine, mes amis ! nous lui rendrons son feu, et hissez les couleurs américaines, cela déroutera la frégate en tous cas, et la nuit peut faire le reste.

La couleuvrine du *Vengeur* fut bientôt prête.

— A votre place, dit Francisco, je ne tirerais pas la couleuvrine, cela montrera notre force et ne nous donnera aucun prétexte pour justifier notre fuite. Si nous tirions nos canons de bordée, la différence de leur bruit avec celui que fait la grosse pièce dont se sert l'autre schooner pourrait faire croire à la frégate que nous sommes un vaisseau américain.

— Très-vrai, répondit Caïn, et comme l'Amérique est en paix avec le monde entier, on croira en outre que notre antagoniste est un pirate. Remettez en place le long canon, ouvrez les sabords de tribord. Veillez à ce que le pavillon s'aperçoive de loin.

Le Vengeur commença à tirer de temps en temps un coup de ses caronades, dont on entendait à

peine le bruit à bord de la frégate. Mais celui de la
coulevrine de *l'Entreprise* retentissait sur la surface des eaux et était porté par le vent à la frégate.

Tel était l'état des choses quand le soleil disparut
dans les flots : l'obscurité enveloppa les vaisseaux,
et l'on ne put voir qu'à l'aide des lunettes de nuit.

— Quelle est votre intention, capitaine Caïn? dit
Francisco.

— Je veux faire un coup hardi. Je vais courir à
la frégate comme pour lui demander assistance, lui
dire que l'autre vaisseau est un pirate, et réclamer
sa protection. Je pourrai m'échapper ensuite. La
lune ne paraîtra pas avant une heure.

— C'est en effet une ruse hardie; mais si vous
êtes une fois sous la bordée de la frégate et qu'elle
vous soupçonne.

— Alors je lui montrerai les talons; je ne la crain-
drais pas, ni sa bordée non plus, si le schooner
n'était pas là.

Une heure après le coucher du soleil, *le Vengeur*,
qui avait gouverné droit à la frégate, arriva près
d'elle. Il diminua lentement de voiles, comme s'il
eût eu peu de monde à bord; tous ses hommes
étaient cachés, et il courut sur l'arrière de la frégate.

— Ohé, schooner! qui êtes-vous?

— *L'Elisa* de Baltimore, venant de Carthagène!
répondit Caïn en virant de bord sous le vent du vaisseau de guerre.

Ce vaisseau qui nous poursuit est un pirate,
continua-t-il, faut-il envoyer une barque?

— Non, voguez de conserve avec nous.

— Oui, oui, Monsieur, répondit Caïn.

— Virez de bord !

Le sifflet du maître d'équipage accompagna ce cri à bord de la frégate, et au bout d'une minute ils coururent l'autre bordée. *Le Vengeur* vira également et se tint sous l'écusson de la frégate.

Cependant Edward Templemore et les gens de *l'Entreprise*, qui s'était approchée par degrés, virent les mouvements des deux autres vaisseaux, et furent tout déconcertés. D'abord ils pensèrent qu'ils avaient fait une méprise et que ce n'était pas le vaisseau pirate ; puis ils supposèrent que l'équipage s'était révolté et s'était rendu à la frégate. Edward pinça le vent et gouverna droit à eux pour s'assurer de la réalité. Le capitaine de la frégate, qui n'avait pas perdu de vue *l'Entreprise*, fut également étonné de la hardiesse du pirate supposé.

— Sans doute le coquin n'a pas l'intention de venir à l'abordage, dit-il au premier lieutenant.

— On ne peut rien dire, Monsieur. Vous savez quelle est sa manière ; on dit qu'il y a trois cents hommes à bord, et ce nombre est égal à celui de notre équipage. Peut-être aussi passera-t-il au vent de nous, nous lâchera-t-il une bordée, et se remettra-t-il ensuite dans l'œil du vent.

— En tout cas tenons une bordée prête pour le recevoir, répondit le capitaine. Détachez les canons de tribord pour qu'il se rende à son poste.

L'Entreprise s'avança au vent de la frégate avec

l'intention de virer à son arrière afin de courir la
même bordée.

— Il ne cargue encore aucune voile, dit le premier lieutenant, et le schooner arriva à une encâblure de distance du bossoir du vent.

— Il est garni d'hommes, Monsieur! dit le chef
de timonerie en le regardant avec la lunette de
nuit.

— Tirez-lui un coup de canon, dit le capitaine.

Boum! La fumée se dissipa; la voile du petit
hunier de *l'Entreprise*, qu'on était occupé à plier,
tomba sur le côté du vaisseau. Le boulet avait
frappé le mât de misaine et l'avait coupé en deux
au-dessus du trélingage des haubans. *L'Entreprise*
était pour le moment complètement hors de service.

— Ohé, schooner! qui êtes-vous ?

— Le schooner de Sa Majesté *l'Entreprise*.

— Envoyez de suite un canot à bord.

— Oui, oui, Monsieur.

— Tout le monde sur le pont! carguez les voiles.

On cargua les voiles de perroquet et les basses
voiles de la frégate, et la grande voile fut mise en
panne.

— Vigie, où est l'autre schooner à présent ?

— Le schooner, Monsieur, à l'arrière, répondit
le gabier.

Comme tous les gens du bord, il était si occupé
de *l'Entreprise*, qu'il avait négligé de surveiller les
mouvements du prétendu américain, il avait répli-
qué au hasard; et il sauta sur le coffre de signaux
pour le regarder, mais il ne le vit plus.

Caïn avait regardé avec attention tout ce qui s'était passé entre les deux vaisseaux anglais et avait guetté le moment de gagner au large. Dès que le canon avait été tiré sur *l'Entreprise*, il avait viré de bord et avait fait force de voiles.

La ruse fut bientôt découverte, et on l'aperçut à un demi-mille à l'arrière. La frégate se mit aussitôt à sa poursuite, laissant Edward retourner à bord; car elle n'avait pas le temps d'attendre le canot. Elle lui donna la chasse; mais le *Vengeur* fut bientôt dans l'œil du vent, et au point du jour on ne le voyait plus.

Cependant Edward Templemore avait suivi la frégate dès qu'il avait pu mettre à la voile. Il était furieux, et jurait qu'il demanderait une cour martiale. Vers midi la frégate le rejoignit, et l'on s'expliqua. Malgré l'ennui que leur causait la fuite du pirate, ils convinrent d'un commun accord qu'il méritait de leur échapper par son audace et son sang-froid.

On reconnut que le mât de *l'Entreprise* pouvait être jumellé et empaté, ce qui la mettrait à même de continuer la croisière. Les charpentiers de la frégate furent envoyés à bord de *l'Entreprise* : et deux jours l'avarie fut réparée et Edward Templemore se remit à la poursuite du *Vengeur*.

XV. — La méprise.

Le Vengeur, toutes voiles dehors, se dirigea vers le nord. Il avait laissé bien loin derrière lui ceux qui le poursuivaient. Il n'y avait pas la moindre tache sur l'horizon, quand deux jours après, le matin, Francisco, qui avait repris sa place dans la cabine du capitaine, monta sur le pont.

Malgré la prière de Caïn, Francisco refusa de prendre aucune part au commandement du schooner. Il se considérait comme passager ou prisonnier sur parole. Il y avait quelques minutes qu'il était sur le pont, quand il vit causer ensemble à l'avant les deux pêcheurs espagnols de la maison de don Cumanos. Il avait entièrement oublié leur capture, et il s'approcha d'eux pour leur parler. Ils furent très-surpris de le voir, et Francisco leur apprit ce qui s'était passé. Ils lui racontèrent ce qui leur était arrivé et lui montrèrent leurs pouces, qu'on avait serrés dans des étaux pour leur arracher la vérité. Francisco frémit : mais il les consola en leur promettant qu'ils seraient bientôt en liberté et qu'ils retourneraient chez leur maître.

En revenant de l'avant, Francisco trouva Hawkhurst sur le tillac. Leurs yeux se rencontrèrent, et la haine les fit briller. Hawkhurst était pâle par suite de la perte de son sang, et ses souffrances étaient évidentes: mais il avait été informé de la réconciliation de Francisco et du capitaine, et il ne pouvait plus rester dans son lit. Il savait aussi comment le capitaine avait évité le combat, et quelque chose lui disait qu'une révolution s'était opérée, sous bien des rapports, dans les idées du capitaine.

Tout souffrant qu'il était, il résolut donc d'être spectateur de ce qui se passait et de surveiller avec attention. Il avait voué une haine mortelle à Francisco et à Caïn, et attendait une occasion d'assouvir son ressentiment. En ce moment ils étaient trop puissants; mais il sentait que le temps allait venir où il triompherait.

Francisco passa auprès de Hawkhurst sans lui parler.

—Vous êtes en liberté, à ce que je vois! dit Hawkhurst avec un sourire sardonique.

—En tout cas, ce n'est pas à vous que je dois ni la liberté ni la vie! répondit Francisco d'un ton hautain.

—Non vraiment, reprit le second; mais je vous suis redevable de cette balle qui m'a traversé l'épaule.

—C'est vrai, répondit froidement Francisco.

—Vous pouvez compter que je payerai bientôt ma dette envers vous.

—Je n'en doute pas, si jamais c'est en votre pouvoir; mais je ne vous crains pas.

Au moment où Francisco faisait cette réponse, le capitaine monta l'échelle. Hawkhurst se détourna et marcha à l'avant.

—Cet homme trame quelque noir complot, Francisco, dit le capitaine à demi-voix, je sais à peine à qui me confier; mais il faut le surveiller. Depuis quelque temps il pratique et tâche de gagner les matelots. Au reste, peu importe, pourvu qu'il reste encore quelques jours tranquille. Le commandement de ce vaisseau lui appartiendra bientôt, mais s'il essaye de s'en emparer prématurément...

—J'ai des gens à qui je puis me fier, répondit Francisco descendant.

Francisco envoya chercher Pompée le Krouman et lui donna ses ordres en présence du capitaine. Cette nuit-là, à la surprise de tous, Hawkhurst fit son quart, et malgré la fatigue il parut tous les jours se rétablir rapidement de sa blessure.

Rien n'arriva pendant plusieurs jours durant lesquels *le Vengeur* poursuivit sa course. Les intentions du capitaine ne transpirèrent pas, elles n'étaient connues que de Francisco.

—Nous sommes à court d'eau, Monsieur, vint dire Hawkhurst un matin, en aurons-nous assez pour nous conduire où nous allons?

—Pour combien de jours en avons-nous à bord en donnant des rations entières?

—Pour douze jours tout au plus.

—Alors nous nous mettrons à la demi-ration, répliqua Caïn.

—L'équipage désire savoir où nous allons, Monsieur.

—Vous ont-ils députe pour me faire cette question?

—Pas tout à fait, Monsieur, mais je désire le

savoir moi-même, répondit Hawkhurst d'un air insolent.

— Faites monter tout le monde sur le pont, répondit Caïn; comme faisant partie de l'équipage qui est sous mes ordres, vous apprendrez avec les autres ce que vous désirez.

L'équipage se réunit à l'arrière.

— Mes amis, dit Caïn, le premier lieutenant m'annonce que vous êtes impatients de savoir où nous allons. Je vais répondre à votre demande. Nous avons à bord beaucoup de blessés, et beaucoup de butin dans la cale. J'ai donc intention que nous nous rendions à notre vieux rendez-vous, où nous avons été autrefois dans cette partie du monde, les Cayes. Avez-vous d'autres questions à me faire?

— Oui, répondit Hawkhurst, nous voulons savoir ce que vous avez décidé relativement au sort de ce jeune homme, Francisco. Nous avons perdu un immense trésor; nous avons trente hommes blessés dans les hamacs, et neuf ont été laissés morts sur le rivage; j'ai moi-même une balle dans le corps; c'est lui qui est cause de tous ces maux. Nous demandons justice.

Hawkhurst fut soutenu par plusieurs des pirates, et plusieurs voix répétèrent:

— Justice!

— Camarades, vous demandez justice et vous l'aurez! répondit Caïn. Vous connaissez tous ce jeune homme, je l'ai élevé comme mon enfant; il a toujours eu de l'éloignement pour notre genre de vie; il m'a souvent demandé à le quitter, et je le

8

lui ai refusé; il m'a accusé au nom de nos propres lois! sang pour sang! Il m'a blessé, mais son agression était juste, et je ne lui en veux pas. Si j'avais su qu'on l'avait mis à terre et destiné à périr de faim, je ne l'aurais pas souffert. Quel crime a-t-il commis? Aucun. On dit qu'il en a commis un, c'a été contre moi. Il a été condamné à mort sans l'avoir mérité, et vous vous êtes vous-mêmes récriés contre cette injuste sentence.

N'est-ce pas vrai?

— Oui, oui! répondit la majorité des pirates.

— Il échappe par miracle, et on lui confie la garde de la propriété d'un autre. Il n'y avait pas de crime à défendre cette propriété. Il est fait prisonnier, et maintenant vous me demandez justice; vous l'aurez. En supposant que sa vie soit condamnée pour ce qu'il a fait, vous l'avez déjà proscrit et laissé injustement exposé à la mort. La justice vous oblige donc aujourd'hui à lui donner la vie. Je vous la demande, mes amis, non-seulement comme un droit, mais à titre de faveur faite à votre capitaine.

— C'est bien, c'est bien, accordé, s'écria encore la majeure partie de l'équipage.

— Mes amis, je vous remercie, répondit Caïn, et au retour, dès que nous arriverons aux Cayes, la part de prise que j'ai à bord sera partagée entre vous.

Cette dernière observation disposa tous les pirates en faveur du capitaine, et ceux qui s'étaient plaints à Hawkhurst tombèrent d'accord avec Caïn. Hawkhurst avait l'air d'un démon furieux.

— Que ceux qui vendent leur conscience prennent votre argent, répondit-il, mais moi je n'en veux pas. J'aurai sang pour sang! et, je vous en avertis, la vie de cet homme m'appartient, et je l'aurai! Empêchez-m'en, si vous le pouvez!

Et Hawkhurst tournant son poing fermé l'avança presque sous le nez du capitaine.

Le sang monta au front de Caïn, il se dressa de toute sa hauteur, saisit un anspect qui était près de lui et en frappa le premier lieutenant, qui tomba sur le pont.

— Voilà pour votre mutinerie, s'écria Caïn mettant le pied sur la gorge de Hawkhurst. Camarades, j'en appelle à vous, cet homme est-il digne de commander comme mon second, est-il digne de vivre?

— Non! non! s'écrièrent les pirates, qu'il meure!

Francisco fit un pas en avant.

— Mes amis, vous avez accordé une faveur à votre capitaine, accordez-m'en une autre. C'est la vie de cet homme. Rappelez-vous combien de fois il vous a menés à la victoire, rappelez-vous que jusqu'à ce jour il a été brave et fidèle. Il souffre maintenant de sa blessure, et c'est ce qui le rend excusable. Il ne peut plus vous commander, puisqu'il n'a plus la confiance de votre capitaine; mais laissez-le vivre et quitter le vaisseau.

— Soit, si vous y consentez, répondit Caïn regardant les matelots, je ne désire pas sa mort.

Les pirates y consentirent. Hawkhurst se leva lentement de dessus le pont, et on l'aida à descendre dans sa cabine. Le second lieutenant fut élevé au grade de premier, et le choix de l'individu propre à remplir la place vacante fut laissé à l'équipage.

Pendant trois jours tout fut tranquille et régulier à bord du vaisseau pirate. Caïn avait arrêté ses plans de conduite, et il les communiqua à Francisco. L'abandon qu'il avait fait aux matelots de sa part de butin était pour Francisco une preuve de ses bonnes intentions. Il y avait maintenant entre eux de la cordialité, et même une espèce d'affection qui n'avait jamais existé auparavant.

Mais le pirate ne parlait jamais de la mère de Francisco, ni des événements de sa vie passée. Francisco lui fit à plusieurs reprises des questions sur ce sujet.

— Vous le saurez quelque jour, répondit Caïn, mais pas encore; vous me haïriez trop.

Le Vengeur avait dépassé les possessions anglaises, et, favorisé par le vent, il côtoyait les rivages de Porto-Rico.

Dans la soirée du jour où ils avaient vu terre, le schooner était retenu par le calme à environ trois milles du rivage. Le nouveau premier lieutenant proposa de débarquer dans le canot, et de se fournir d'une provision d'eau à une source qu'ils avaient aperçue à l'aide des télescopes.

Comme c'était nécessaire, Caïn y donna son consentement: et le canot, chargé de futailles, quitta le bâtiment.

Par hasard, *le Vengeur* était en face de la maison de campagne de don Alfarez, gouverneur de l'île. Clara avait vu le schooner, et, comme d'habitude, elle avait étendu le rideau blanc en signe de reconnaissance; car à cette distance il n'y avait pas de différence sensible, même pour un marin, entre *le Vengeur* et *l'Entreprise*.

Elle avait donc couru à la baie, et était dans la grotte à attendre l'arrivée d'Edward Templemore. Le canot des pirates débarqua au lieu même du rendez-vous, et le premier lieutenant s'élança hors du canot.

Clara courut pour recevoir Edward, et fut aussitôt saisie par le premier lieutenant avant de reconnaître sa méprise.

— Qui êtes-vous? s'écria-t-elle en se débattant, pour se dégager de ses bras.

— Un homme qui aime beaucoup les jolies femmes, répondit le pirate en la retenant.

— Laissez-moi, misérable, s'écria Clara, savez-vous à qui vous vous adressez?

— Non, et je ne m'en inquiète guère, répondit le pirate.

— Vous vous en inquiéterez peut-être, Monsieur, quand vous saurez que je suis la fille du gouverneur, s'écria Clara en le repoussant.

— Oui, vous avez raison, c'est fort important, car une fille de gouverneur donnera une bonne rançon pour se racheter. Venez donc, mes amis, aidez-moi un peu, car elle est forte comme une jeune mule. Ne songez plus à l'eau, rejetez les

barils dans le canot; nous avons fait une précieuse
capture.

Clara cria, mais on lui bâillonna la bouche ave
un mouchoir, et on la transporta dans le canot, qu
rama aussitôt vers le schooner.

Quand le lieutenant revint à bord et raconta la
prise qu'il avait faite, les pirates furent charmés de
la perspective d'une augmentation de leur part;
bien entendu que Caïn ne put faire aucune objection. Des représentations auraient été si étranges,
si en opposition avec sa conduite ordinaire, qu'elles
auraient contribué à fortifier les soupçons déjà
semés par Hawkhurst, et que Caïn désirait écarter.
Il ordonna qu'on fit descendre la jeune fille dans la
cabine et qu'on replaçât le canot. La brise fraîchit,
et il mit à la voile.

Francisco consola de son mieux la malheureuse
Clara, et l'assura qu'elle n'avait aucun motif pour
s'alarmer. Il lui promit sa protection et celle du
capitaine.

La pauvre fille versa d'abondantes larmes. Ce ne
fut que lorsque Caïn fut descendu dans la cabine et
eut confirmé les assurances de Francisco, qu'elle
commença à se remettre; c'était une consolation
pour elle de trouver des amis là où elle s'attendait
aux derniers outrages, car Francisco avait convenu
que le vaisseau était un pirate. La bonté et les at-
tentions de Francisco lui rendirent un peu de tran-
quillité.

Le lendemain, elle lui confia la raison qui l'avait
fait venir au rivage, et la méprise causée par la

ressemblance des deux vaisseaux. Francisco et Caïn lui promirent qu'ils payeraient eux-mêmes sa rançon, et n'attendraient pas qu'elle reçût des nouvelles de son père.

Pour la distraire, Francisco parla beaucoup d'Edward Templemore. Toutes les circonstance relatives à ses projets de mariage furent bientôt connues de Francisco.

Mais le *Vengeur* n'atteignit pas son rendez-vous aussitôt qu'il s'y était attendu. Quand il fut au nord de Porto-Rico, une frégate anglaise arriva sur lui, et il fut obligé de fuir devant elle.

C'est toujours un désavantage pour un schooner de courir vent arrière. La chasse se continua pendant trois jours avec un vent frais du sud, jusqu'à ce qu'ils eurent passé les îles Bahama.

Les pirates souffrirent beaucoup du manque d'eau, et il fut nécessaire de diminuer encore les rations. La frégate était toujours en vue, quoique le *Vengeur* l'eût laissée en arrière lorsque le vent eut fraîchi.

Il survint un calme qui dura deux jours. Sur le soir du second, les canots de la frégate furent mis en mer pour attaquer le schooner, alors éloigné de cinq milles ; mais une brise vint à souffler du nord, et le schooner, étant au vent, laissa l'ennemi bien loin derrière et ayant tout son bois hors de vue.

Ce ne fut que le lendemain que Caïn se hasarda à voguer de nouveau vers le sud pour se procurer dans une caye l'eau dont ils avaient si grand besoin. On en trouva enfin, mais avec grande difficulté et grande perte de temps, et on fit de nouveau voile pour les Cayes. Mais les courants et les vents contraires retardèrent la marche du schooner, et ce ne fut que trois semaines après leur départ de Porto-Rico qu'ils atterrirent au lieu de leur ancien rendez-vous.

Retournons maintenant à Edward Templemore, que nous avons laissé à bord de *l'Entreprise* sur la côte méridionale d'Afrique et à la recherche du *Vengeur,* qui lui avait si singulièrement glissé entre les doigts.

Edward avait examiné toute la côte, passé le détroit, doublé la Trinité, et s'était dirigé vers les îles du Vent. Il avait demandé, sans en obtenir, des renseignements à tous les bâtiments qu'il avait rencontrés, et était enfin arrivé à la hauteur de Porto-Rico.

Ce n'était pas le temps de songer à Clara; mais comme cela ne l'écartait pas de sa route, il s'était approché de l'île. La nuit tombait quand il arriva à la hauteur de la partie de la côte où résidait le gouverneur. Il mit en panne et examina les fenêtres; mais le signal de reconnaissance ne fut point fait.

Il attendit jusqu'à la nuit et remit à la voile rempli de douleur et de désappointement, et craignant que le gouverneur n'eût tout découvert.

Le fait est qu'il était arrivé deux jours après l'enlèvement de Clara.

Il s'occupa de nouveau de découvrir le pirate, et, après d'infructueuses recherches poursuivies pendant quinze jours dans les petits bras de mer et les baies de Saint-Domingue, ayant épuisé ses provisions de vivres et d'eau, il retourna d'assez mauvaise humeur à Port-Royal.

Cependant la disparition de Clara avait jeté à Porto-Rico le plus grand désordre; on interrogea sa femme de chambre, qui avoua l'intrigue de sa maîtresse. L'apparition du *Vengeur* à la hauteur de la côte dans la soirée confirma l'idée que dona Clara avait été enlevée par le lieutenant anglais, et don Alfarez dépêcha sur-le-champ un vaisseau à la Jamaïque pour se plaindre de l'outrage et demander qu'on lui rendît sa fille.

Ce vaisseau arriva à Port-Royal quelques jours avant *l'Entreprise*, et l'amiral fut très-étonné. Il répondit fort poliment à don Alfarez, lui promettant qu'on ferait une enquête sévère à l'arrivée du schooner, et qu'on lui en enverrait immédiatement le résultat.

— Voilà une belle affaire! dit l'amiral à son secrétaire. L'étourdi! je l'envoyais à la poursuite d'un pirate, et il est occupé à se marier avec la fille du gouverneur! Par lord Harry! monsieur Templemore, vous et moi aurons un compte à régler!

— Je puis à peine le croire, Monsieur, répondit le secrétaire, et cependant cela m'a l'air suspect; mais d'après des renseignements aussi peu certains...

— Qui le sait, monsieur Haldey? Envoyez chercher ses livres de loch et examinez-les : ils peuvent nous donner des informations.

Les livres de loch de *l'Entreprise* furent examinés, et ils portaient dans toutes les divisions du compas de mer le mot fatal : Porto-Rico, Porto-Rico ; ce mot se retrouvait dans toutes les croisières, même lorsque le schooner était chargé de dépêches.

— C'est assez clair, dit l'amiral. Maudit soit le jeune fripon, de me mettre dans un tel embarras. Qu'il épouse la jeune personne, cela ne me regarde pas ; mais je le punirai d'avoir désobéi à mes ordres. En tous cas je le ferai juger par une cour martiale.

Le secrétaire ne fit pas de réponse, mais il savait très-bien que l'amiral ne ferait pas ce qu'il disait.

— *L'Entreprise* a mis à l'ancre au point du jour, Monsieur, dit le secrétaire au moment où l'amiral allait déjeuner.

— Et où est M. Templemore ?

— Il est dans la galerie extérieure. On lui a dit de quoi il était accusé, et il jure qu'il est innocent. Je le crois, Monsieur, car cette nouvelle semble l'avoir mis hors de lui.

— Attendez un moment ! Avez-vous regardé son livre de loch ?

— Oui, Monsieur, il était à la hauteur de Porto-Rico le 19 du courant ; mais la lettre du gouverneur espagnol dit qu'il y était le 17 et qu'il reparut le 19. Je le lui ai dit ; et il déclare sur son honneur qu'il n'y était que le 19, comme en fait foi son livre de loch.

— Bien, qu'il entre et qu'il s'explique.

Edward parut, il était dans un état de violente agitation.

— Eh bien! monsieur Templemore! vous jouez de beaux tours! où est la jeune fille, Monsieur, la fille du gouverneur?

— Je ne sais pas, Monsieur; mais je suis convaincu qu'elle a été enlevée par les pirates.

— Les pirates!... la pauvre enfant!... et... je vous plains aussi, Edward! Allons, asseyez-vous et dites-moi ce qui s'est passé.

Edward connaissait si bien le caractère de l'amiral, qu'il lui avoua aussitôt les relations qui existaient entre Clara et lui. Il lui raconta comment *le Vengeur* s'était échappé en trompant la frégate, et l'arrangement fait avec Clara pour se donner rendez-vous sur le rivage. Il était convaincu que le schooner des pirates, si exactement semblable à *l'Entreprise* à la première vue, l'avait précédé à Porto-Rico et avait enlevé l'objet de son attachement.

Edarwd eût pu être pris sévèrement à partie; mais l'amiral eut pitié de lui et ne lui dit rien de ses visites à Porto-Rico. Quand le déjeuner fut fini, il ordonna qu'on fît un signal pour qu'un sloop de guerre se préparât à mettre à la voile et que *l'Entreprise* fût ravitaillée par les canots de l'escadre.

— Maintenant, Edward, vous et *le Comus* voguerez de conserve à la poursuite de ce coquin de pirate, et j'espère que vous m'en rendrez bon compte, ainsi que de la fille du gouverneur. Rassurez-vous, mon ami, ils chercheront à en tirer rançon avant de lui faire le moindre mal.

Le soir même, *l'Entreprise* et *le Comus* appareillèrent pour leur expédition. Ils passèrent à Porto-Rico et remirent une lettre au gouverneur. Puis ils gouvernèrent au nord, et le lendemain matin de bonne heure ils firent voile pour les Caïques au moment où *le Vengeur* passait les récifs et arrivait vent en arrière dans l'étroite entrée de la baie.

— Le voilà ! s'écria Edward, le voila.

Et il fit un signal pour annoncer l'ennemi, *le Comus* y répondit aussitôt.

XVI. — Les Caïques.

Le petit groupe d'îles appelées Caïques ou Caïcos est situé à environ deux degrés au nord de Saint-Domingue et presque au sud d'une chaîne qui s'étend jusqu'aux îles de Bahama. La plupart des îles de cette chaîne ne sont pas habitées, mais elles servent de retraite aux pirates. Les récifs et les écueils dont elles sont environnées les garantissent de la poursuite des grands bâtiments. Les passages étroits qu'il fallait suivre pour arriver à terre n'étaient connus que des pirates qui les fréquentaient, ce qui redoublait encore leur sécurité.

La plus grande des îles Caïques forme une courbe

qui au sud s'ouvre comme un fer à cheval, elle offre un mouillage aux navires qui sont entrés dans la baie du côté du midi ; mais avant d'arriver au mouillage on trouve des bancs de corail qui s'étendent à plus de quarante milles en mer, et qu'il est nécessaire d'éviter.

Ce passage est extrêmement difficile ; mais il était bien connu de Hawkhurst, qui jusqu'alors avait été pilote. Caïn n'en avait pas une idée aussi exacte, et il fallait le plus grand soin pour y faire entrer le vaisseau ; car en ce moment on ne pouvait appeler Hawkhurst à faire ce service.

Les îles elles-mêmes, car il y en avait plusieurs, étaient composées de rochers de corail. Quelques cacaotiers montraient leurs cimes élevées dans les endroits où il y avait assez de terre végétale, et des buissons rabougris pointaient entre les interstices des rocs.

Mais ce qu'il y avait principalement de remarquable dans ces îles, et ce qui les rendait si propres à recevoir ceux qui les fréquentaient, c'était le nombre considérable de cavernes et de grottes dont elles étaient remplies.

Quelques-unes de ces cavernes étaient au-dessus de la ligne de la marée montante, mais la plus grande partie était baignée par l'eau de la mer : dans les unes les vagues formaient de profonds étangs, dont le reflux faisait autant de mares isolées; dans les autres, où l'eau pénétrait en tout temps, il y avait assez de profondeur pour porter un grand canot. Il est presque inutile de faire remarquer la

commodité des grottes sèches et élevées pour y
cacher les objets qu'on voulait soustraire à la vue
jusqu'à ce qu'il se présentât une occasion d'en disposer.

Nous avons dit dans notre dernier chapitre qu'au
moment où *le Vengeur* entrait dans l'étroit passage
à travers les récifs, *le Comus* et *l'Entreprise* avaient
paru, et l'avaient aperçu; mais il est nécessaire
d'expliquer la position respective des vaisseaux.

Le Vengeur était entré dans le canal du sud,
ayant le vent du sud, et s'était avancé d'environ
quatre milles en sondant attentivement et avec peu
ou point de voiles.

L'Entreprise et *le Comus* avaient reconnu l'île
Turk, à l'est des Caïques, et avaient passé au nord
de cette île en courant la bordée de bâbord. Ils continuaient leur route vers le point nord du récif, qui
tenait à la principale île des Caïques.

Ils étaient donc en mesure de couper *le Vengeur*
avant qu'il parvînt au mouillage, s'il n'y avait pas
eu d'écueils pour leur barrer le passage. Le seul
plan que les vaisseaux anglais pussent suivre était
de louvoyer au sud de manière à arriver à l'entrée
du passage, où *l'Entreprise* trouverait sans doute
assez d'eau pour suivre *le Vengeur*.

Le vent était du sud, et le passage était trop
étroit pour louvoyer lorsqu'on y était entré; ce qui
rendait la fuite du *Vengeur* impossible. Il était pris
au piége, et son seul moyen de salut était dans la
défense et le courage qu'il déploierait contre ses
deux adversaires.

La brise était fraîche du sud, et paraissait disposée à augmenter, lorsque *le Comus* et *l'Entreprise* déployèrent toutes leurs voiles, et manœuvrèrent en dehors des récifs en courant les courtes bordées.

On avait aperçu à bord du *Vengeur* les ennemis et leurs mouvements, et Caïn sentit toute la difficulté de sa situation : il était sûr d'être attaqué. Dans toute autre occasion il se serait presque réjoui de trouver une semblable occasion de battre ses assaillants; mais le cours de ses idées était changé : il aurait actuellement sacrifié presque tout pour éviter la rencontre et pouvoir se séparer tranquillement de ses compagnons sans nouvelle effusion de sang.

Francisco était également attristé de cette fatale circonstance; mais il n'échangea pas un seul mot avec le capitaine pendant le temps qu'ils passèrent sur le pont.

Il était environ neuf heures, lorsque après avoir passé sans avaries la moitié du canal, Caïn ordonna qu'on jetât la petite ancre à jas, et envoya les matelots déjeuner.

Francisco descendit dans la cabine, et expliquait à Clara leur position lorsque Caïn entra. Il se jeta sur l'équipet, et parut abîmé dans une sombre et profonde rêverie.

— Qu'avez-vous intention de faire? demanda Francisco.

— Je ne sais; je ne suis pas seul à décider, Francisco. Si j'avais à agir à ma guise, probablement je laisserais le schooner où il est. Ils ne peuvent nous attaquer que dans les canots, et en ce cas je ne crains rien. Mais si nous entrons ..ns le mouillage, nous mettons l'autre schooner à même de nous suivre sans défendre le passage ; il peut nous attaquer dans la baie, et nous serons accablés par le nombre d'hommes que les deux navires peuvent envoyer contre nous. D'un autre côté, nous pouvons certainement défendre le schooner du rivage aussi bien qu'en restant à bord ; mais notre équipage est faible. Je m'en vais, au reste, réunir mes gens, et les laisser décider. Dieu le sait ! si c'était à moi à prendre une résolution, je ne consulterais pas du tout.

— N'y a-t-il aucun moyen de fuir ? reprit Francisco.

— Si fait : nous pouvons abandonner le schooner, et cette nuit, au moment où ils ne s'y attendront pas, traverser le canal avec les canots entre la grande île et celle qui est au nord ; mais je n'ose pas le proposer, et les matelots ne m'écouteraient pas. Je doute d'ailleurs que l'ennemi nous en laissât le temps. Je savais, ce matin, longtemps avant l'arrivée de ces deux navires, que mon sort serait décidé avant le coucher du soleil.

— Que voulez-vous dire ? dit Francisco.

— Vous allez le savoir, répondit Caïn. Votre mère m'a toujours visité dans mes rêves lorsque quelque malheur allait m'arriver. Elle m'est apparue la nuit dernière, et il y avait sur sa douce figure de la douleur et de la pitié. Elle agitait tristement la main comme pour m'inviter à la suivre. Dieu merci, elle n'avait plus en me regardant l'expression qu'elle a eue pendant tant d'années !

Francisco ne fit point de réponse, et Caïn sembla de nouveau perdu dans ses méditations.

Au bout d'un moment Caïn se leva, prit dans un tiroir un petit paquet et le mit entre les mains de Francisco.

— Conservez cela, dit le capitaine; si quelque accident m'arrive, ces papiers vous apprendront quelle était votre mère; ils contiennent aussi des renseignements qui vous serviront à trouver le trésor que j'ai enseveli. Je vous laisse tout, Francisco. Je me le suis procuré par des moyens illégitimes; mais vous n'êtes pas le coupable, et personne ne peut le réclamer. Ne me répondez pas maintenant. Après moi vous trouverez des amis qui peuvent être de mon opinion. Je vous le répète, conservez avec soin ce paquet.

— Je vois peu de chances pour qu'il me soit utile, répondit Francisco; si je survis, ne serai-je pas considéré comme pirate?

— Non, non, vous pouvez prouver le contraire.

— J'en doute; mais que la volonté de Dieu soit faite!

— Oui, que la volonté de Dieu soit faite! répéta tristement Caïn. Je n'aurais pas osé le dire il y a un mois.

Et le capitaine des pirates monta sur le pont, suivi de Francisco.

L'équipage du *Vengeur* fut rassemblé à l'arrière, et appelé à décider des mesures qu'il jugeait les plus convenables. Les pirates préférèrent lever l'ancre et entrer dans la baie selon leur opinion.

ils y seraient beaucoup mieux qu'où ils étaient pour défendre le schooner.

Le schooner des pirates leva donc l'ancre et poursuivit sa course périlleuse. La brise avait fraîchi, de fortes rides s'élevaient sur la surface des flots et empêchaient de voir les écueils du fond. Cependant le sloop de guerre et l'Entreprise continuaient à gouverner au vent au dehors des récifs.

A midi le vent s'était considérablement augmenté. Les lames se brisaient en tous sens sur les rochers de corail et les couvraient d'une épaisse écume. On diminua encore de voiles à bord du Vengeur, car la rapidité de ses mouvements augmentait les périls de sa marche.

On hissa une voile de cape et on descendit le grand foc. Malgré ce changement le bâtiment volait vent arrière.

Caïn se tenait au beaupré et donnait des ordres à celui qui tenait la barre. Plus d'une fois ils effleurèrent les rochers, mais ils parvinrent à se débarrasser. On remorqua des espars à l'arrière, et on eut recours à tous les moyens possibles pour arrêter le schooner. On n'avait d'autre guide que les vagues qui se brisaient de chaque côté du navire.

— Pourquoi Hawkhurst ne nous piloterait-il pas, lui qui connaît si bien cette passe? dit le maître d'équipage à ceux qui étaient près de lui sur le gaillard d'avant.

— C'est juste, s'écrièrent plusieurs voix à la fois, faisons-le monter.

Et quelques-uns des pirates descendirent le chercher.

Au bout d'une minute ils reparurent, amenant
Hawkhurst avec eux : il ne fit pas de résistance,
et l'équipage lui demanda qu'il servît de pilote au
vaisseau.

— Et si je ne le voulais pas? dit froidement
Hawkhurst.

— Alors vous vous en repentiriez, voilà tout,
répondit le maître d'équipage, n'est-ce pas, mes
amis? continua-t-il en s'adressant à l'équipage.

— Oui, il faut qu'il nous conduise en sûreté dans
la baie, ou nous le jetons à la mer.

— Je brave cette menace, camarades, répondit
Hawkhurst, vous me connaissez tous pour un homme fidèle, et il n'est pas vraisemblable que je vous
trahisse maintenant. Eh bien! puisque votre capitaine que voilà ne peut vous sauver, c'est à moi à le
faire, s'écria-t-il en regardant autour de lui. Comment cela se fait-il, nous sommes déjà hors du
canal! Oui, et je ne puis dire si nous pourrons y
rentrer.

— Nous ne sommes pas hors du canal, dit Caïn,
vous le savez bien.

— Si le capitaine le sait mieux que moi, il vaut
mieux qu'il nous conduise! reprit Hawkhurst.

Mais l'équipage fut d'avis différent et insista
pour que Hawkhurst, qui connaissait bien le canal,
prît la direction du navire; Caïn se retira à l'arrière
et Hawkhurst alla sur le beaupré.

— Je ferai de mon mieux, mes amis, dit Hawkhurst, mais rappelez-vous bien : si nous touchons en essayant de rentrer dans la véritable voie du canal, ne me faites pas de reproches. Un peu à tribord... encore tribord ; bien : voici le vrai passage, mes amis !

Et il montra entre les brisants un endroit dont l'eau était unie.

— Bâbord la barre ! reprit-il.

Mais Hawkhurst savait qu'on devait le mettre à terre dès qu'on le pourrait, et il avait résolu de perdre le schooner au risque de sa propre vie. En ce moment il sortait du passage et dirigeait le navire sur le rocher.

Une minute après *le Vengeur* toucha à plusieurs reprises. Le troisième choc lui fit mettre la bordée au vent et donner à la bande. Une roche de corail aiguë pénétra dans sa membrure légère, et l'eau y entra rapidement.

Durant ce temps un silence de mort régnait parmi les pirates.

— Mes amis, dit Hawkhurst, j'ai fait de mon mieux ; et maintenant vous pouvez me jeter à la mer, si vous voulez. Ce n'est pas ma faute, c'est la sienne.

Et il désigna du doigt le capitaine.

— Il importe peu de savoir à qui la faute, monsieur Hawkhurst, dit le capitaine, c'est ce que nous réglerons avec le temps. A présent nous avons trop à faire. A nos canots, mes amis, le plus vite possible ! Que chacun se pourvoie d'armes et de munitions.

Du sang-froid! Le schooner est solidement fixé. Nous sauverons tout peu à peu.

Les pirates obéirent aux ordres du capitaine. Les trois canots furent mis en mer. Dans le premier furent placés tous les blessés et Clara d'Alfarez, que Francisco aida à y descendre. Dès que les matelots se furent munis d'armes, Francisco, pour protéger Clara, offrit de veiller sur elle, et le canot gagna le large.

Les vaisseaux de guerre avaient vu le *Vengeur* toucher sur les rochers et l'équipage se préparer à prendre les canots. Ils mirent aussitôt en panne, descendirent et équipèrent leurs canots dans l'espérance de couper les pirates avant qu'ils atteignissent l'île, et se préparèrent à un rude combat. Quoiqu'il fût impossible aux vaisseaux d'approcher des récifs, il y avait pour les canots en plusieurs endroits une profondeur suffisante.

Bientôt après que Francisco, dans le premier canot, se fut éloigné du *Vengeur*, les canots anglais fendaient le ressac pour couper les pirates.

Ceux-ci s'en aperçurent et firent diligence. Un second canot fut bientôt en mer, et Hawkhurst s'y plaça au moment du départ.

Caïn restait à bord; il fit le tour du premier pont pour voir s'il s'y trouvait encore des blessés, quitta enfin le schooner dans le dernier canot, et suivit ses compagnons. Il était environ à un quart de mille du second, dans lequel Hawkhurst s'était placé.

Au moment où Caïn quitta le schooner il était difficile de dire si les canots anglais réussiraient à couper les barques des pirates; les deux partis faisaient force de rames, et quand le premier canot, où étaient Francisco et Clara, arriva près de la terre, l'avant du canot ennemi n'était pas éloigné d'un demi-mille; mais celui-ci rencontra des bas-fonds qui retardèrent sa marche et donnèrent de l'avantage aux pirates.

Hawkhurst débarqua dans son canot au moment où la chaloupe du *Comus* tirait sa caronade de 18. Le dernier canot n'était pas à cent toises de la plage quand un autre coup de canon de la chaloupe du *Comus*, qui jusqu'alors n'avait pu trouver passage à travers les récifs, frappa ce canot sur son écusson : il se remplit d'eau et sombra.

Francisco avait conduit Clara dans une caverne et se tenait à l'entrée pour la protéger.

— Il est perdu ! s'écria-t-il en voyant disparaître la barque qui portait Caïn; ils ont coulé bas son canot; non; il nage vers le rivage, et sera ici longtemps avant que les matelots anglais puissent débarquer.

C'était vrai. Caïn nagea avec vigueur, et se dirigea vers une petite crique qui était plus près de l'endroit où le canot avait sombré que celle dans laquelle Francisco avait débarqué avec Clara et les blessés; elle en était séparée par une chaîne de rochers qui coupait en deux la plage sablonneuse et s'étendait à quelque distance dans la mer avant d'y disparaître.

Francisco pouvait aisément distinguer le capitaine des autres matelots qui nageaient aussi vers le rivage; il était bien loin devant eux; et lorsqu'il approcha de terre il fut caché à la vue de Francisco par la chaîne des rochers.

Le jeune homme, impatient de savoir si Caïn était en sûreté, grimpa sur les rochers et regarda.

Caïn était à quelques toises du rivage quand le bruit d'un coup de fusil se fit entendre. Le capitaine des pirates, par un mouvement convulsif, sortit à moitié le corps hors de l'eau; il se débattit, la vague claire et bleue changea de couleur, il s'enfonça, et on ne le vit plus.

Francisco s'élança des rochers et vit à leur pied Hawkhurst tenant à la main le fusil, qu'il rechargeait.

—Scélérat! s'écria Francisco, vour rendrez compte de cette infamie.

Hawkhurst avait rechargé son fusil et fermé le bassinet.

— Pas à vous, répondit-il en armant et en visant Francisco.

La balle frappa Francisco à la poitrine : il recula, marcha en chancelant sur le sable, atteignit la caverne, et tomba aux pieds de Clara.

— O Dieu! s'écria la pauvre fille, êtes-vous blessé? Qui donc va me protéger?

— Je l'ignore, répondit Francisco faiblement.

Au bout d'un instant il reprit :

— Je ne sens point de blessure, je suis mieux.

Et il porta la main à son cœur.

Clara ouvrit le gilet de Francisco. Le paquet que lui avait donné Caïn, et qu'il avait mis dans son sein,

avait été frappé par la balle, et sa douleur ne provenait que de la violente concussion du coup. Cependant il était faible.

Mais il nous faut raconter les actions de ceux qui
prenaient part à cette scène intéressante.

Du haut de son vaisseau, Edward Templemore
avait surveillé, avec autant d'empressement que de
curiosité, tous les mouvements du schooner. Il
l'avait vu donner sur les rocs, et avait suivi des
yeux les intrépides brigands. Son long téléscope le
mettait à même de voir distinctement tout ce qui
se passait. Une vive douleur le saisit quand ses
yeux aperçurent un moment sur le plat-bord du
bâtiment échoué les vêtements blancs et flottants
d'une femme qui lui sembla descendre tranquillement dans le canot.

Etait-ce bien Clara ? Clara à laquelle on tendait
les bras, et qui avançait les siens vers un jeune
homme prêt à la recevoir ? Où étaient les tentatives
de résistance, la colère, le désespoir, qui auraient
dû caractériser sa situation ?

L'âme remplie d'émotions qu'il n'avait pas analy-
sées, il jeta sa lunette, et, saisissant son épée, s'é-
lança dans un canot qui était prêt et garni de matelots le long du bord. Pour la première fois de sa
vie il sentait son cœur défaillir en approchant de
l'ennemi. Un frisson glacé parcourait tous ses membres ; il se rappelait l'immoralité et les mœurs dé-
pravées des pirates, et d'horribles pensées assiégeaient son imagination.

En approchant du rivage il se tenait debout dans

la chambre du canot, pâle, égaré, les lèvres trem-
blantes, et la soif seule de la vengeance pouvait lui
donner la force de supporter tant de sensations violentes. Il serrait convulsivement la garde de son
épée, et les palpitations précipitées de son cœur
semblaient à chaque battement lui répéter les san-
glantes pensées qui l'agitaient et lui crier : Du
sang ! du sang !

Il atteignit la petite baie et vit une jeune femme
à l'entrée de la caverne; c'était bien sa Clara. Son
nom était sur ses lèvres quand il entendit les deux
coups de fusil tirés l'un après l'autre par Hawkhurst; il vit Francisco se retirer et tomber. Tout
à coup, ô spectacle affreux ! Clara s'élance, elle sou-
tient le jeune homme, elle appuie la tête du blessé...
Et cet homme est un pirate! Edward n'en peut voir
davantage, il se couvre les yeux, et rendu furieux,
il s'écrie d'une voix de tonnerre :

— Avancez, mes amis, sur votre vie, avancez!

Le canot était à six coups de rames du rivage, et
Clara, à laquelle sa conscience ne faisait aucun re-
proche, venait de retirer le paquet de papier du
gilet de Francisco, lorsque Hawkhurst sortit de
derrière les rochers qui séparaient les deux petites
criques sablonneuses.

Francisco avait repris ses sens. Voyant Hawkhurst s'approcher, il se releva pour prendre son
fusil; mais, avant qu'il pût y parvenir, Hawkhurst
l'avait rejoint, et il s'ensuivit une lutte courte et
affreuse. Elle semblait devoir se terminer bientôt
d'une manière funeste pour Francisco. Favorisé par

9

sa force supérieure, Hawkhurst l'avait étendu à ses pieds, il avait appuyé un genou sur la poitrine du malheureux, lui avait noué un mouchoir autour du cou et allait l'étrangler. Clara criait et essayait inutilement de secourir Francisco. Pendant que le visage de Francisco devenait noir, que la jeune fille poussait des cris et faisait de violents et inutiles efforts, le canot atterrit. Bondissant comme un tigre irrité, Edward se jeta sur Hawkhurst, le renversa, lui ouvrit le poing avec la lame de son épée jusqu'à ce qu'il lui eut fait lâcher prise et l'eut contraint à songer à sa propre défense.

— Emparez-vous de lui ! dit Edward montrant de la main gauche Hawkhurst. Cette victime est à moi ! continua-t-il avec amertume en dirigeant vers Francisco la pointe de son épée.

Mais, quelles que fussent ses intentions, il ne put les mettre à exécution, car Clara l'avait reconnu.

— Mon Edward ! s'écria-t-elle.

Et elle se précipita dans ses bras, et tomba bientôt après sans connaissance.

Les matelots qui s'étaient assurés de Hawkhurst regardaient cette scène avec étonnement et curiosité. Edward attendait avec un mélange d'impatience et d'incertitude que Clara reprit ses sens, il désirait lui entendre affirmer qu'il s'était trompé, et ses yeux se promenaient alternativement d'elle à Francisco, qui revenait rapidement à lui.

Durant cette attente pénible, Hawkhurst avait été lié et on l'avait fait asseoir.

— Edward ! cher Edward ! dit enfin Clara d'une

voix faible en le pressant dans ses bras, c'est donc lui qui vient à mon secours !

Edward fut ému.

— Quel est cet homme, Clara ? dit-il sévèrement.

— C'est Francisco... Ce n'est pas un pirate, Edward, c'est mon sauveur.

— Ah ! ah ! dit Hawkhurst en riant amèrement, car il voyait comment les affaires tournaient.

Edward Templemore se tourna vers lui et lui jeta un regard interrogateur.

— Ah ! poursuivit Hawkhurst, c'est le fils du capitaine ; ce n'est pas un pirate, vraiment !

— Si c'est le fils du capitaine, dit Edward, pourquoi vous battez-vous avec lui ?

— Parce que je viens tout à l'heure de tuer son gredin de père.

— Edward ! dit Clara d'un ton solennel, ce n'est pas le moment de s'expliquer ; mais, sur mon salut éternel, ce que j'ai dit est la vérité. Ne croyez pas ce scélérat.

— Oui, dit Francisco, qui s'était levé, croyez-le, quand il dit qu'il a tué le capitaine, car c'est vrai ; mais, Monsieur, si vous tenez à conserver la paix de votre âme, ne croyez rien au désavantage de cette jeune dame.

— Je ne sais que penser, murmura Edward Templemore ; mais, comme dit Madame, ce n'est pas le moment de s'expliquer. Avec votre permission, Madame, ajouta-t-il en s'adressant à Clara, le patron de mon canot va vous conduire en sûreté à bord du schooner, ou de l'autre vaisseau si vous le préférez. Mon devoir ne me permet pas de vous accompagner.

Le patron la mena dans le canot, qu'avait rejoint la chaloupe du *Comus*, dont l'équipage et les officiers étaient descendus à terre. Les matelots du canot confièrent à ceux de la chaloupe le soin de garder Hawkhurst et Francisco, et conduisirent Clara au schooner.

Edward Templemore jeta un coup d'œil sur cette barque qui emmenait Clara, ordonna qu'on mit Hawkhurst et Francisco dans la chaloupe, et qu'on veillât sur eux, et alla avec le reste de ses gens à la poursuite des pirates.

Durant la scène que nous avons décrite, les autres canots du vaisseau de guerre avaient débarqué dans l'île, et les gens de l'équipage du *Vengeur*, privés de leurs chefs et éparpillés dans tous les sens, avaient été pour la plupart tués ou faits prisonniers. Au bout de deux heures on supposa qu'on en avait fini avec la majorité des pirates. Les prisonniers étant très-nombreux, on décida qu'on les placerait dans les canots du *Comus* et qu'on les conduirait au sloop, dont le capitaine, en qualité d'officier commandant, donnerait des ordres à leur égard.

On passa en revue sur le pont du *Comus* les pirates faits prisonniers. Ils se montaient à plus de soixante. De ce nombre la moitié se composait de blessés envoyés à terre qui s'étaient rendus sans résistance. Il y avait quinze morts, et l'on conjectura qu'environ autant avaient été noyés dans le

canot submergé par le coup de caronade de la chaloupe, quoique, suivant le compte donné par les
pirates, on se fût assuré de la majorité, il y avait
... raisons de supposer que quelques-uns restaient encore dans l'île, cachés dans les cavernes.

Comme le capitaine du *Comus* avait ordre de revenir le plus tôt possible, il se décida à mettre immédiatement à la voile pour Port-Royal avec les
prisonniers, laissant *l'Entreprise* s'emparer de ceux
qu'on découvrirait, recueillir tous les objets de
valeur que pouvait contenir le *Vengeur*, et le détruire.

Ces ordres furent exécutés avec la célérité ordinaire du service. Les pirates, au nombre desquels
était compris Francisco, furent mis sous bonne
garde. On remonta les canots, et au bout d'une
demi-heure *le Comus* déploya son pavillon et
mit toutes ses voiles au vent. Il laissa Edward
Templemore avec *l'Entreprise* auprès des récifs
accomplir les devoirs dont il était chargé, et Clara,
qui était à bord du schooner, éloigner les soupçons qui s'étaient élevés dans le cœur de son
fiancé

XVII. — Le Jugement.

Au bout d'une semaine *le Comus* arriva à Port-
Royal, et le capitaine alla trouver l'amiral pour lui
apprendre l'heureux résultat de l'expédition.

— Dieu merci ! dit l'amiral, nous avons enfin attrapé ces coquins; un peu de pendaison ne fera pas de mal. Le capitaine, dites-vous, a été noyé ?

— On l'assure, Monsieur, répondit le capitaine Manly, il était dans le dernier canot qui a quitté le schooner et qu'un coup de canon tiré par la cha-
' upe a fait couler bas.

— J'en suis fâché; cette mort était trop douce pour lui. Cependant il faut faire un exemple avec le reste : ils vont être jugés par la cour de l'amirauté, dont la juridiction s'étend sur la haute mer. Envoyez-les à terre, Manly, et nous nous en lavons les mains.

—Très-bien, Monsieur; mais il y en a encore dans l'île, nous avons sujet de le croire, et *l'Entre-prise* est à leur recherche.

— A propos, Templemore a-t-il retrouvé sa dame ?

— Oh ! oui, Monsieur, et... tout est en ordre, à ce que je pense, mais je n'ai pas eu le temps de causer avec lui sur ce sujet.

— Hum ! reprit l'amiral, je suis charmé d'apprendre cette nouvelle. Eh bien ! Manly, nous enverrons les pirates à terre aux autorités compétentes. Si on en trouve d'autres, on les pendra après, lorsque Templemore nous les aura amenés. La capture de ces coquins me fait plus de plaisir que celle d'une frégate française.

Environ trois semaines après cette conversation, le secrétaire vint dire à l'amiral que *l'Entreprise* avait paru en vue de Port-Royal, mais qu'elle était retenue par le calme et n'entrerait probablement pas dans le port avant le soir.

— C'est dommage, répondit l'amiral, car les pirates vont être jugés ce matin, et il peut y en avoir encore sur son bord.

— Très-vrai, Monsieur, mais il est bien possible que le procès ne soit pas terminé aujourd'hui; la cour ne s'assemblera pas avant une heure après midi, au plus tôt.

— C'est peu important certainement; car ils sont si nombreux, qu'il faudra les pendre par divisions. Cependant, comme l'*Entreprise* est à portée des signaux, annoncez-lui par le télégraphe qu'on juge en ce moment les pirates. Edward ramera à terre dans son canot s'il lui plaît.

Le même jour, vers midi, les pirates et Francisco, escortés par une forte garde, furent conduits à l'hôtel de la Cour et placés à la barre. Une foule immense encombrait la salle d'audience, car cette cause excitait un immense intérêt.

Plusieurs de ceux qui avaient été blessés dans l'attaque de la propriété do don Cumanos étaient morts dans la prison. Quarante-cinq parurent à la barre, et leur costume pittoresque, leurs faces barques, les atrocités qu'ils avaient commises causaient aux assistants une sensation d'impatience mêlée d'horreur et d'indignation.

On avait permis à deux des plus jeunes de déposer comme témoins. Ils n'avaient été que quelques mois à bord du *Vengeur*, et cependant leur témoignage, quant au massacre des équipages de trois

bâtiments des Indes occidentales et à l'attaque de la
propriété de don Cumanos, fut suffisant pour faire
condamner leurs compagnons.

Les formes de la procédure, les réponses des
pirates à l'appel de leurs noms, l'audition des deux
témoins et leurs dépositions circonstanciées occupèrent beaucoup de temps : il était tard lorsque le
résultat des témoignages fut lu aux pirates et qu'on
leur demanda s'ils avaient quelque chose à dire
pour leur défense. Le président faisait cette question pour la seconde fois, lorsque Hawkhurst prit
la parole.

Il pouvait à peine espérer sauver sa vie. Son seul
but était d'empêcher Francisco de plaider sa cause
avec succès et d'échapper à la mort ignominieuse
dont le pirate était menacé.

Hawkhurst déclara qu'il avait été quelque temps
à bord du *Vengeur;* mais, dit-il, il avait été enlevé
d'un vaisseau et forcé de servir contre sa volonté.
Le fait pouvait être prouvé par le fils du capitaine
ici présent (et il montra Francisco) et qui était dans
le schooner depuis son armement.

Il ajouta qu'il s'était toujours opposé au capitaine,
qui ne voulait pas se séparer de lui parce qu'il était
le seul à bord capable de diriger le schooner; qu'il
avait intention de se révolter et de s'emparer du
vaisseau; qu'il avait souvent excité l'équipage à
le faire, et que les matelots ainsi que le fils du capitaine prouveraient s'ils le voulaient qu'il était en
prison pour l'avoir tenté quand le schooner entra
dans le bras de mer des Caïques.

Il raconta comment il n'avait été mis en liberté que parce qu'il connaissait le passage, et les menaces qu'on lui avait faites de le jeter à la mer s'il ne prenait pas la barre. Au péril de sa vie il avait fait échouer le *Vengeur* sur les rochers, et sachant que le capitaine l'assassinerait il avait tué Caïn, qui nageait vers le rivage, comme le pouvait prouver le fils du capitaine; car ce dernier l'en avait accusé et était engagé avec lui dans une lutte mortelle, quand les officiers et l'équipage du canot les avaient séparés et faits tous deux prisonniers.

Il dit ensuite qu'il ne s'attendait pas à ce que Francisco, le fils du capitaine, assurât la vérité pour le sauver, car c'était son ennemi juré, et il avait profité de l'affaire de la Madeleine pour lui mettre une balle dans l'épaule, ce qui était bien connu des autres pirates et ce que Francisco n'oserait pas nier.

Il représenta la descente faite sur les bords de la Madeleine comme méditée depuis longtemps. Selon lui, Francisco avait été envoyé à terre et s'était fait passer pour naufragé, mais de fait il était chargé de s'assurer où était le butin et d'aider les pirates dans leur attaque.

Hawkhurst demanda à la cour d'ordonner qu'on mît Francisco à la torture, ce qui lui arracherait probablement la vérité. Il termina en disant qu'au reste Francisco pouvait parler à son tour.

Quand Hawkhurst eut cessé de s'adresser à la cour, il y eut pendant quelques minutes un temps d'arrêt qui redoubla l'anxiété des spectateurs. Le jour baissait, l'hôtel de la Cour presque tout entier était déjà enseveli dans une profonde obscurité. Une lumière faible, solennelle, triste, éclairait les physionomies sauvages et hardies des prisonniers placés à la barre. Le soleil s'était enfoncé derrière une masse de nuages lourds, mais resplendissants et festonnés d'or.

Hawkhurst avait parlé avec abondance et énergie, et il y avait presque une apparence d'honnêteté dans l'expression de sa voix rude et profonde. Les jurons mêmes dont son discours était lardé, mais que nous avons cru devoir omettre, semblaient moins des blasphèmes que des ornements oratoires ayant pour but de donner plus de force à son récit

Un profond silence succéda à son discours. Au milieu des ombres croissantes du soir, ceux qui étaient présents commencèrent à sentir pour la première fois l'importance redoutable du drame qui se jouait devant eux, et à s'apercevoir du nombre d'hommes suspendus entre la vie et la mort, et dont la vie dépendait d'un seul mot : — Coupables.

Ce pénible silence, cette attente déchirante furent enfin interrompus par un sanglot de femme mal réprimé ; mais, grâce à l'obscurité qui enveloppait la salle, on ne put distinguer la personne.

Cette plainte de femme si inattendue, car qui pouvait s'intéresser au sort de ces hommes perdus, toucha les cœurs de tous ceux qui jusqu'alors n'avaient exprimé et éprouvé que de l'indignation pour les prisonniers.

Le tribunal sur son banc, les défenseurs à la

barre, les jurés dans leur loge, ressentirent une vive impression par cette preuve de douleur : elle diminua le mauvais effet produit par le discours de Hawkhurst au préjudice de Francisco.

Tous les yeux étaient maintenant dirigés sur le jeune homme doublement accusé par la justice et par ses compagnons de crime. L'examen lui fut favorable, on reconnut que ses qualités personnelles pouvaient lui mériter l'amour et les regrets d'une femme. Pendant qu'on l'observait, le soleil, dont des nuages avaient intercepté la clarté, perça ce voile de ténèbres, et d'une croisée d'en face répandit sur lui seul une partie de ses rayons éclatants, pendant que les autres prisonniers qui l'environnaient demeuraient ensevelis plus ou moins dans une ombre profonde.

Il devint évident que ses complices étaient des scélérats hardis, mais vulgaires, des hommes qui devaient leur unique vertu, le courage, peut-être à leurs mœurs, à leur organisation physique ou à l'influence de ceux qui les entouraient : c'étaient des bouchers humains, et maintenant qu'on allait exercer sur eux le métier qu'ils avaient exercé sur les autres, ils étaient capables de supporter leur malheur avec une apathie brutale, bien éloignée de la véritable grandeur d'âme. Hawkhurst même, quoique plus imposant que le reste de ses camarades, avec son air d'audace et de bravade, n'était qu'un criminel un peu plus distingué que les autres. A l'exception de Francisco, les prisonniers avaient entièrement négligé leur extérieur, et la tournure sale et hideuse du mendiant s'alliait en eux avec la férocité de l'assassin.

Francisco non-seulement faisait exception, mais encore il formait un beau contraste avec les autres pirates. Debout à la barre, éclairé par les feux du soir, s'il ne se présentait pas avec l'éclat d'un héros de roman, c'était certainement un personnage très-pittoresque et très-intéressant, vêtu avec élégance quoique sans recherche.

Les sanglots répétés par intervalles d'une voix basse, comme s'il eût été impossible de les réprimer, semblèrent le tirer d'un état de rêverie et lui rappeler le rôle important qu'il était destiné à jouer dans cette tragédie. Sa figure était pâle, mais calme; elle avait à la fois une expression de douleur et de fierté; son œil était brillant et ses regards se fixaient non pas sur la cour, mais, comme ceux de l'aigle, sur les rayons splendides du soleil couchant qui lui arrivaient directement en face.

Enfin la voix de Francisco se fit entendre, et tous les auditeurs tressaillirent à ses accents sonores, pleins et mélodieux comme les cloches du soir. Le profond silence qui avait régné depuis le discours de Hawkhurst avait à peine fait oublier son langage grossier et barbare, quand la voix claire, argentine et mâle de Francisco captiva l'attention. Les jurés relevèrent la tête, les avocats et toute la cour se retournèrent avec curiosité vers le prisonnier. Le président même leva le doigt pour recommander le silence.

— « Milords et Messieurs, dit Francisco, lorsque

je me suis trouvé pour la première fois dans cette humiliante situation, je n'aurais pas cru pouvoir me résoudre à parler ou à prononcer même un seul mot pour ma défense. Celui qui vient de m'accuser a demandé qu'on m'appliquât la torture. Son désir est déjà satisfait, car quelle torture peut être plus douloureuse que celle de me trouver où je suis? Dans le cours d'une vie courte mais misérable, mes tourments ont été si grands que j'ai souvent pensé que ce serait un bonheur pour moi de mourir; mais depuis quelques minutes j'ai reconnu que j'avais encore les sentiments communs à mes semblables, que je n'étais pas encore préparé à mourir, et que j'étais trop jeune. Qui pourrait en effet quitter sans regret ce monde où il y a un si beau ciel à regarder et à aimer? Qui pourrait volontiers renoncer à la vie, lorsqu'une femme le croit innocent et exprime de la pitié pour ses malheurs? Oui, milords, la miséricorde, la pitié, la compassion ne sont pas encore enfuies de la terre, et voilà pourquoi je me sens trop jeune pour mourir. Que Dieu me pardonne! je les croyais bien loin, car je ne les ai jamais rencontrées dans ceux au milieu desquels le sort m'a jeté; et convaincu qu'elles n'existaient pas, il me tardait de quitter la terre. Maintenant donc, puisse le Dieu équitable qui nous juge, non pas ici mais dans l'autre vie, me donner le pouvoir de prouver que je ne mérite pas de ceux qui sont pécheurs comme moi, des hommes, une punition ignominieuse.

» Milords, je ne connais ni les subtilités des lois

ni les détours des plaidoiries… D'abord, souffrez que j'affirme que je n'ai jamais volé, mais que j'ai rendu aux malheureux dépouillés ce qu'on leur avait ravi; que je n'ai jamais assassiné, mais que je me suis interposé entre le meurtrier et sa victime. C'est pour cela que j'ai été hué et repoussé par mes compagnons, et c'est maintenant pour cela que ma vie est menacée par ces lois que je n'ai jamais offensées. L'homme qui vient de parler vous a dit que j'étais le fils du capitaine des pirates, cette assertion est digne du seul scélérat sans ressource et sans remords qui soit parmi tous ceux que vous allez juger; c'est l'assertion d'un homme dont la gloire, la joie, les délices ont été de verser du sang.

» Milords le capitaine, avant d'être assassiné par cet homme, m'a dit lui-même que je n'étais pas son fils. Dieu merci! je ne le suis pas. Il est certain que j'ai été lié à lui et mis en son pouvoir par un concours de circonstances incompréhensibles. Avant de mourir il m'a remis des papiers qui devaient m'apprendre ma naissance; mais je les ai perdus, et je déplore amèrement cette perte. Je n'ai su de celui qu'on voudrait appeler mon père qu'un seul fait, c'est qu'il a lâchement tué ma mère. »

Ici le discours de Francisco fut interrompu par un long et sourd gémissement, qui fit tressaillir tout l'auditoire. Il était tout à fait nuit, et le président ordonna qu'on apportât de la lumière avant que la défense fût continuée.

L'impatience et l'anxiété des assistants se manifestèrent par des causeries et des murmures jusqu'à ce que les lumières fussent allumées. Le mot *Silence!* prononcé par le président fut suivi d'une exécution immédiate de l'ordre donné, et le prisonnier poursuivit.

Il rappela les souvenirs de sa première enfance : échauffé par son sujet, il devint plus éloquent; ses gestes furent énergiques sans violence : le jeune homme pâle et modeste se transforma par degrés en orateur passionné et inspiré. Il récapitula rapidement, mais clairement et avec force, tous les événements de sa vie singulière. Il y avait dans sa voix un accent de vérité, il y avait de la conviction dans sa physionomie animée, il y avait de l'innocence sur son front ouvert et expressif.

Tous ceux qui l'entendirent le crurent, et dès qu'il eut terminé son discours, le jury parut avoir hâte de se lever et de donner un verdict en sa faveur. Mais le président, s'adressant aux jurés, leur dit que c'était pour lui un pénible devoir de leur rappeler qu'ils n'avaient entendu qu'une assertion, à la vérité remarquable et presque convaincante, mais que néanmoins il n'y avait pas de preuves.

— Hélas! dit Francisco, quel témoignage puis-je présenter, excepté celui des gens qui m'entourent à la barre et que vous récuserez? Puis-je rappeler les morts du tombeau? Puis-je m'attendre à voir ceux qui ont été égorgés se lever pour affirmer mon innocence? Don Cumanos, dont je suis séparé par une distance immense, viendra-t-il soudain déposer à ma décharge? Hélas! il ne sait pas quelle est ma position, autrement il aurait volé à mon secours.

Non, non, je ne puis même espérer que la jeune
fille espagnole, la dernière à laquelle j'ai offert ma
protection, paraisse dans un lieu comme celui-ci, et
brave les regards hardis de tant de gens assem-
blés.

— Elle est ici, répondit une voix d'homme.

La foule s'écarta, et Clara, soutenue par Edward
Templemore vêtu de son uniforme, fut introduite
dans le banc des témoins.

L'apparition de l'Espagnole, qui regardait autour
d'elle avec inquiétude, causa une grande sensation.
Dès qu'elle se fut suffisamment remise, elle prêta
serment, et rendit compte de la conduite de Francisco durant le temps qu'elle avait été prisonnière à
bord du *Vengeur*. Elle produisit le paquet de papiers qui avait sauvé la vie de Francisco, et confirma une grande partie de sa défense; elle exalta
sa bonté et sa générosité, et quand elle eut terminé,
tout le monde se demanda :

— Ce jeune homme peut-il être un pirate et un
assassin ?

Et la réponse fut : C'est impossible !

— Milords, dit Edward Templemore, je demande
la permission de faire une question au prisonnier.
Quand j'ai été à bord du *Vengeur* naufragé, j'ai
trouvé ce livre flottant dans la cabine; je désire
demander au prisonnier si, comme cette jeune dame
me l'a appris, ce livre est à lui.

Et Edward Templemore montra la Bible.

— Il est à moi, répondit Francisco.

— Puis-je vous demander par quels moyens il est venu en votre pouvoir ?

— C'est la seule relique qui me reste d'une personne qui n'est plus; c'était la consolation de ma mère assassinée, ce fut depuis la mienne. Donnez-le-moi, Monsieur; probablement j'aurai plus besoin que jamais de son secours.

— Votre mère a été assassinée, dites-vous ? s'écria Edward Templemore vivement agité.

— Je l'ai déjà dit, et je le répète maintenant.

Le président se leva, et résuma aux jurés le résultat des dépositions. Evidemment bien disposé en faveur de Francisco, il fut obligé de leur montrer que le témoignage de la jeune dame avait à la vérité atténué les charges qui pesaient sur Francisco, et l'engageait à adresser à Sa Majesté un recours en grâce après la condamnation, mais que plusieurs actes auxquels l'accusé avait pris part mettaient en danger sa vie, et qu'aucun témoignage n'avait été produit pour démontrer qu'il n'avait pas autrefois été le complice des pirates, bien qu'il se fût depuis sincèrement repenti.

Il leur rappela que la déposition de Hawkhurst devait être considérée comme nulle, et qu'ils devaient écarter les impressions fâcheuses pour Francisco qu'elle aurait pu faire sur eux.

Il lui était pénible d'ajouter, disait-il, que la déposition de la dame espagnole portait préjudice à l'accusé en ce qu'elle prouvait les relations amicales qui existaient entre le jeune homme et le capitaine des pirates. Quoiqu'il s'intéressât vivement au sort de Francisco, il rappelait avec douleur au jury que les dépositions en général n'étaient pas suffisantes pour absoudre le prisonnier, et qu'il croyait de leur devoir de déclarer coupables tous les accusés présents à la barre.

— Milord, dit Edward Templemore quelques secondes après que le magistrat eut repris son siége, le contenu de ce paquet, dont je n'ai pas osé briser le cachet, ne peut-il apporter quelque preuve nouvelle en faveur de l'accusé? Vous opposerez-vous à ce qu'il soit ouvert avant que le jury rende son verdict?

— Non, répondit le président; mais quel est le contenu supposé?

— Le contenu, milord, répondit Francisco, est de la main du capitaine des pirates. Il a remis ce paquet dans mes mains avant que nous quittions le schooner, me disant que les papiers qu'il renfermait m'apprendraient quels étaient mes parents. Milord, dans ma situation actuelle, je réclame ces papiers, et je m'oppose à ce que le contenu en soit lu à l'audience. Si je dois mourir d'une mort ignominieuse, du moins ceux qui me sont unis par les liens du sang n'auront pas à rougir de mon malheur; car le secret de ma naissance mourra avec moi.

— Laissez-vous guider par moi, répondit Edward Templemore avec beaucoup d'émotion. Dans cette narration, dont l'écriture peut être reconnue par les témoins, on peut trouver la confirmation de tout ce que vous avez dit, et elle sera admise comme preuve, n'est-ce pas. milord?

— S'il est constaté que c'est bien l'écriture du capitaine, je pense qu'elle peut l'être, répondit le magistrat, d'autant plus que cette jeune personne était présente quand le paquet fut remis, et qu'elle a entendu l'assertion du capitaine. Voulez-vous permettre qu'on présente ces papiers à titres de preuve, jeune homme ?

— Non, milord, répliqua Francisco, à moins que je n'aie d'abord la permission de les parcourir moi-même. Je ne souffrirai pas qu'on en divulgue le contenu, à moins que je ne sois sûr d'un acquittement honorable : le jury doit rendre son verdict.

Le jury se groupa pour délibérer. Durant ce temps, Edward Templemore, accompagné de Clara, s'avança vers Francisco pour lui conseiller de laisser ouvrir le paquet ; mais Francisco fut inexorable. Enfin le chef du jury se leva pour rendre le verdict. Un silence pénible et solennel régna dans toute l'audience ; on attendit avec angoisse.

— Milord, dit le chef du jury, notre verdict est...

— Attendez, Monsieur, dit Edward Templemore en passant un de ses bras autour de Francisco étonné et étendant l'autre vers le chef du jury, attendez, Monsieur, épargnez sa vie, c'est mon frère.

— Et mon sauveur ! s'écria Clara s'agenouillant de l'autre côté de Francisco et tendant des mains suppliantes.

L'effet de cette déclaration fut électrique, le chef du jury se rassit. le président et toute la cour demeurèrent muets d'étonnement. Un silence de mort fut suivi d'un désordre auquel, au bout d'un certain temps, le président essaya en vain de mettre un terme.

Edward Templemore, Clara et Francisco étaient toujours ensemble, et jamais on ne vit de plus beau groupe. En comparant les deux jeunes gens l'un avec l'autre, chacun s'aperçut de la forte ressemblance qui existait entre eux.

Le teint de Francisco était plus basané que celui d'Edward, ce qui provenait de ce que dès son enfance le premier avait été constamment exposé au soleil des tropiques; mais les traits des deux frères étaient les mêmes.

Il se passa un moment avant que le juge pût rétablir le silence dans l'assemblée. Lorsqu'il l'eut obtenu, il fut lui-même fort embarrassé de la conduite qu'il devait tenir.

Edward et Francisco, qui avaient échangé quelques mots, étaient debout l'un à côté de l'autre.

—Milord, dit Edward Templemore, le prisonnier consent à ce que le paquet soit ouvert.

— Oui, dit douloureusement Francisco, quoique j'attende peu du contenu de ces papiers. Hélas! maintenant que j'ai des objets qui me rattachent à la vie, je crois sentir que toute espérance est perdue pour moi. Les jours des miracles sont passés, et il n'y aurait que celui de la résurrection du capitaine des pirates qui pût me sauver. Mais sortira-t-il du tombeau pour prouver mon innocence?

— Il sort du tombeau pour prouver ton innocence, Francisco! dit une voix grave et sourde, dont le son retentit dans tout les cœurs et surtout dans ceux de Hawkhurst et des accusés.

La crainte et l'horreur dont ils étaient remplis redoubla lorsqu'ils virent du banc des témoins la gigantesque figure de Caïn.

Mais ce n'était plus l'homme que nous avons décrit au commencement de ce récit. Sa barbe avait été coupée; il était pâle, défait et amaigri. Ses yeux enfoncés, ses joues creuses, une toux brève et sèche qui interrompait son discours, prouvaient que ses jours touchaient presque à leur terme.

— Milord, dit Caïn en s'adressant au magistrat, je suis le pirate Caïn et j'étais le capitaine du *Vengeur;* je suis encore libre. Je viens ici volontairement pour vous attester l'innocence de ce jeune homme. Ma main n'a pas encore connu les menottes, ni mes pieds les fers. Je ne suis pas prisonnier, je ne suis pas cité à la barre, et en ce moment mon témoignage est valable. Personne ne me connaît dans cette assemblée, excepté les accusés, dont la déposition n'est pas admise. C'est pourquoi, afin de le sauver, je demande à prêter le serment.

Caïn prêta serment avec une solennité plus qu'ordinaire.

— Milords et Messieurs du jury, je suis à l'audience depuis le commencement du procès, et je déclare vrai tout ce que Francisco a dit pour sa défense : il est complètement innocent de tout acte de piraterie, de tout assassinat. Les papiers remis à Francisco en auraient fait preuve, mais ils contiennent des secrets que je désirais n'être connus que de Francisco seul; et plutôt que de souffrir que le paquet fût ouvert, je me suis présenté moi-même. Comment ce jeune officier a découvert que Francisco est son frère, c'est ce que j'ignore. Mais si c'est aussi le fils de Cécilia Templemore, c'est la vérité. Au reste, mes papiers expliquent tout.

Et maintenant, milords, que ma déposition est reçue, je suis satisfait. J'ai fait une bonne action avant de mourir, et comme pirate et mourtrier je me livre à la justice. A la vérité, ma vie et presque terminée, grâce à ce scélérat que voilà. Mais je préfère subir le sort que je mérite en expiation de mes crimes nombreux.

Caïn se tourna vers Hawkhurst, qui était près de lui; mais le premier lieutenant paraissait dans un état de stupeur, il n'était pas revenu de sa première terreur, et s'imaginait encore que l'apparition de Caïn était surnaturelle.

— Scélérat, s'écria Caïn en mettant ses lèvres près de l'oreille de Hawkhurst, misérable deux fois damné, tu mourras comme un chien et sans vengeance : Francisco est sain et sauf, et je suis vivant !

— Existes-tu réellement? dit Hawkhurst, qui se remettait de sa crainte.

— Oui, j'existe en chair et en os, malheureux ! sens le pouvoir de ce bras et sois convaincu, ce n'est pas la première fois que tu l'éprouves.

Caïn prononça ces mots d'un ton de sarcasme, puis se retournant vers le président :

— Et maintenant, milord, ajouta-t-il, j'ai fini. Francisco, adieu; je t'ai aimé et je t'ai prouvé mon affection, ne hais pas ma mémoire et pardonne-moi, oui, pardonne-moi quand je ne serai plus.

Il leva les yeux au plafond de la salle d'audience, et tendant ses deux mains au-dessus de sa tête :

— Oui, s'écria-t-il, la voilà, Francisco! la voilà; et, vois, elle me sourit; oui, Francisco, ta sainte mère me sourit et me pardonne...

Il n'eut pas le temps d'achever; Hawkhurst, au moment où les bras de Caïn étaient levés, vit son poignard dans sa ceinture, il le tira avec la rapidité de l'éclair, et le passa au travers du corps du capitaine.

Caïn tomba lourdement sur le plancher, et un grand désordre agita de nouveau l'assemblée; on se saisit de Hawkhurst, et Caïn se releva.

— Je te remercie, Hawkhurst, dit Caïn d'une voix mourante, tu as à répondre pour un autre meurtre; tu m'as sauvé du déshonneur non de mourir sur le gibet, mais d'y mourir avec toi. Francisco, mon enfant, adieu!

Caïn poussa un profond gémissement et expira.

Ainsi périt le fameux capitaine des pirates qui pendant sa vie avait versé tant de sang, et dont la mort fut l'occasion d'un autre meurtre. Sang pour sang!

On enleva le cadavre. Il ne restait plus qu'à rendre le verdict. Tous les prisonniers furent déclarés coupables, à l'exception de Francisco, qui sortit de l'arsenal accompagné du frère qu'il venait de retrou-

ver, et recevant des félicitations de tous ceux qui
purent s'approcher de lui.

CONCLUSION.

Notre premier objet sera d'expliquer au lecteur
par quels moyens Edward Templemore avait été
amené à supposer qu'il avait trouvé un frère dans
Francisco, regardé d'abord par lui comme un
rival. Nous expliquerons aussi la réapparition du
pirate Caïn.

En exécution de ses ordres, Edward Templemore s'était rendu à bord du *Vengeur* naufragé.
Pendant que ses gens s'occupaient à réunir les objets de grand prix qui étaient à bord, il était descendu dans la cabine, en partie submergée. Il y
avait ramassé un livre qui flottait près des équipets,
et en l'examinant avait reconnu que c'était une
Bible.

Surpris de voir un tel livre à bord d'un pirate, il
l'avait emporté en retournant sur *l'Entreprise* et
l'avait montré à Clara.

— Il appartient à Francisco, dit aussitôt celle-
ci.

Le livre était saturé d'eau salée. Edward en
tourna machinalement les pages, et regarda celle du
titre pour voir si elle portait un nom. Il n'y en avait
pas; mais il remarqua que la feuille blanche qui

précédait avait été collée à la garde de la reliure, et qu'il y avait de l'écriture de l'autre côté.

Dans l'état présent du volume il détacha facilement cette feuille de la partie intérieure de la couverture, et à son grand étonnement il lut le nom de sa propre mère, Cécilia Templemore.

Il connoissait bien son histoire, comment sa mère et son frère avaient passé pour perdus. On peut aisément s'imaginer quelle impatience il eut de s'assurer des moyens qui avaient fait tomber la Bible de sa mère entre les mains de Francisco. Il n'osait pas penser que Francisco fût son frère ni qu'il y eût un lien aussi fort entre lui et un homme qu'il prenait encore pour un pirate; mais enfin c'était possible.

Au lieu donc de rester quelques jours aux Caïques, il céda aux instances de Clara, dont la fausse position à bord n'était justifiée que par la plus fausse position d'où elle avait été tirée; il retourna le soir même au navire échoué, y mit le feu, et fît voile pour Port-Royal.

Par bonheur il arriva, comme nous l'avons dit, le jour où les pirates étaient mis en jugement. Dès que le signal télégraphique eut été fait par l'amiral, il mit aussitôt son canot en mer, emmena avec lui Clara, dont le témoignage pouvait être utile, et entra dans la salle d'audience au moment où le procès était à moitié terminé.

Dans notre avant-dernier chapitre nous avons dit que Caïn, en nageant vers le rivage, avait été blessé

10

par Hawkhurst : la balle lui entra dans la poitrine et lui traversa les poumons.

La lutte entre Hawkhurst et Francisco, leur arrestation par Edward Templemore avaient eu lieu de l'autre côté de la chaîne des rochers, dans la petite plaine adjacente ; et lorsque Francisco eut vu Caïn disparaître, il en avait conclu mal à propos que le capitaine était mort. Caïn revint sur la surface des flots, trouva pied, et parvint à sortir de l'eau en rampant et à se glisser dans une caverne voisine, où il se coucha pour mourir.

Mais dans cette caverne il y avait un des canots du *Vengeur*, deux des pirates mortellement blessés, et les quatre Kroumans, qui s'étaient cachés dans l'intention de ne prendre aucune part au combat, et de se sauver dès la brune dans le canot qu'ils avaient halé à sec dans la caverne.

Caïn y pénétra, atteignit la terre ferme et tomba. Pompée et les Kroumans voyant son état, allèrent à son secours, pansèrent sa blessure et étanchèrent son sang, ce qui ranima bientôt le capitaine. Les autres pirates moururent sans assistance.

Les matelots anglais fouillèrent l'île en tous sens ; mais cette caverne étant à fleur d'eau, échappa à leurs recherches. Ils se rembarquèrent après avoir fait prisonniers la plupart des pirates, et ni Caïn ni les Kroumans ne furent découverts.

Dès qu'il fit nuit, Caïn les informa de ses desseins. Les Kroumans l'auraient probablement abandonné à son sort ; mais ils avaient besoin de ses services pour parvenir dans une autre île. On le transporta

-donc dans la chambre du canot, qui fut tiré de la caverne.

Par les ordres de Caïn, ils traversèrent le bras de mer qui sépare la grande île et la Caïque du nord; et avant le point du jour ils ne couraient plus aucun risque d'être pris.

Caïn s'était rétabli à un certain point; sachant qu'il y avait dans le canal de petits bâtiments marchands, il fit entendre aux Kroumans que si on les soupçonnait d'être pirates ils seraient véritablement punis, quoique innocents, et les engagea à se faire passer pour des gens de l'équipage d'un petit caboteur qui avait fait naufrage.

Avec l'aide de Pompée il coupa sa barbe le plus près possible, et arrangea son costume plus à l'européenne. Ils n'avaient ni eau ni provisions, et étaient exposés à un soleil vertical. Heureusement pour eux, et plus heureusement encore pour Caïn, le second jour ils furent recueillis par un brick américain qui se rendait à Antigoa.

Caïn raconta ses malheurs imaginaires, et ne dit rien de sa blessure. Cette blessure négligée eût certainement causé sa mort très-peu de jours après qu'il eut paru au procès, s'il n'était pas tombé sous les coups de Hawkhurst.

Caïn était indifférent à sa propre vie, il ne voulait que sauver Francisco. Impatient de se rendre à Port-Royal, il fut charmé de rencontrer un petit schooner qui faisait le commerce entre les îles et allait à la Jamaïque. Il obtint dans ce navire un passage pour lui et les Kroumans, et arriva trois jours avant le jugement. Il demeura caché jusqu'à l'époque où s'assembla la cour de l'amirauté.

Il est bon de faire connaître la raison pour laquelle Caïn ne voulait pas que le paquet fût ouvert. Parmi d'autres papiers relatifs à Francisco étaient des renseignements pour découvrir le trésor qu'il avait caché, et il ne voulait les communiquer qu'à Francisco seul.

Nous laisserons le lecteur se figurer ce qui se passa entre Francisco et Edward après la découverte de leur parenté ; et nous ferons connaître le contenu du paquet, que les deux jumeaux ouvrirent en présence de Clara.

Nous sommes cependant obligé d'en resserrer la matière, qui était très-volumineuse. En voici la substance.

Caïn, dont le véritable nom était Charles Osborne, avait fait voile de Bilbao pour la côte d'Afrique sur un beau schooner, afin de s'y procurer une cargaison d'esclaves. Il y avait environ vingt-quatre heures qu'il était sorti du port, quand l'équipage aperçut un canot qui ne contenait personne en apparence, et flottait à environ un mille à l'avant. L'eau était calme, et le bâtiment marchait lentement. Dès qu'on fut près du canot on mit en mer une barque pour l'examiner.

La barque revint bientôt remorquant le canot, au fond duquel on trouva plusieurs hommes presque morts et réduits à l'état de squelettes. Dans la chambre du canot se trouvait une négresse avec un en-

faut à son sein, et une femme blanche dans un épuisement voisin de la mort.

Osborne était un libertin sans principes; mais
ce n'était ni un assassin ni un scélérat endurci,
comme il le devint par la suite. Son cœur était ac-
cessible à la pitié. Tous les naufragés furent pris à
bord du schooner. Au nombre de ceux qu'on rappela à la vie furent Cécilia Templemore et l'enfant,
qu'on avait d'abord regardé comme mort; mais la
négresse, épuisée par l'allaitement et les privations,
mourut dès qu'elle eut été retirée du canot. Heureusement il y avait à bord une chèvre, dont le lait
servit à nourrir l'enfant; et avant qu'Osborne fût
arrivé à la hauteur de la côte, l'enfant avait recouvré
sa vigueur, et la mère sa santé.

Il nous faut passer ici une partie considérable de
la narration.

Osborne était impétueux dans ses passions, et
Cécilia Templemore devint sa victime. Il avait à
la vérité calmé la voix de sa conscience par un prétendu mariage lorsqu'il arriva au Brésil avec sa
cargaison de chair humaine. Mais ce fut un faible
allégement à ses souffrances.

En effet, elle qui avait été nourrie dans l'aisance,
qui avait été élevée avec le plus grand soin, était
maintenant à jamais perdue. Elle était rejetée du
sein de la société, sans espoir d'y jamais rentrer,
et obligée de vivre avec des gens pour lesquels elle
n'éprouvait que de la crainte et du mépris.

Elle passait les jours et les nuits dans les larmes.
Osborne l'avait perdue. et la manière brutale dont

il la traitait fut bientôt pour elle une nouvelle source de douleurs. Son enfant était sa seule consolation. Sans lui, sans la crainte de l'exposer à l'influence démoralisatrice de ceux qui l'entouraient, elle serait morte de désespoir; mais elle vécut pour lui. Pour lui elle essaya d'arrêter Osborne sur le penchant de cette carrière de crimes dans laquelle il se laissait rapidement entraîner. Pour son cher enfant elle supporta les reproches et les coups. Enfin Osborne échangea son genre de vie contre une vie plus criminelle encore. Il devint pirate, et emmena avec lui Cécilia et son fils.

Ce fut le comble de ses maux. Elle dépérissait de jour en jour, et le chagrin aurait bientôt terminé son existence, si la cruauté de Caïn n'en eût hâté le terme.

Un jour qu'elle lui représentait les conséquences de sa coupable conduite, irrité de ses justes remontrances, il la frappa avec tant de violence qu'elle tomba sur le coup. Elle expira en faisant une prière pour que son enfant fût préservé des mauvais exemples qui l'environnaient.

Caïn cependant lui fit des promesses qu'il n'accomplit jamais, et elle le bénit, lui aussi, avant de mourir.

Telle était la substance du récit en ce qui concernait la pauvre mère de ces deux jeunes gens; et lorsqu'ils eurent achevé la lecture ils se donnèrent la main, et demeurèrent plongés dans un triste silence.

Cependant il fut bientôt interrompu par les in-

nombrables questions d'Edward à son frère au sujet de ce qu'il pouvait se rappeler des malheurs de
leur mère, puis Francisco raconta sa vie aventu-
reuse.

— Et le trésor, Edward, dit-il en terminant, je
ne puis en prendre possession ?

— Non, et vous n'y toucherez pas, répondit Edward, il appartient aux capteurs, et doit être partagé
comme argent de prise. Vous n'en aurez jamais un
penny ; mais j'en empocherai, je l'espère, une assez
bonne partie. Quoi qu'il en soit, gardez ce papier,
qui vous est adressé.

L'amiral avait été instruit de toutes les particularités de ce jugement fécond en incidents, et avait
envoyé à Edward un message. Il lui faisait dire
qu'il s'estimerait heureux de les voir chez lui ainsi
que la fille du gouverneur espagnol, qu'il devait regarder comme étant sous sa protection pendant tout
le temps de son séjour à la Jamaïque.

Clara accepta volontiers cette offre, et le surlen-
demain du jugement ils se rendirent chez l'amiral.
Edward lui présenta Clara et Francisco, et on donna
à cette jeune personne un appartement convenable
et des domestiques pour la servir.

— Templemore, dit l'amiral, je crains d'être
obligé de vous renvoyer à Porto-Rico pour assurer
au gouverneur que sa fille est en sûreté.

— Mieux vaudrait, à mon avis, y envoyer un
autre que moi, Monsieur, et en même temps j'as-
surerais le bonheur de celle que j'aime.

— Quoi ! en l'épousant ? Hum ! vous avez bonne

opinion de vous-même. Attendez que vous soyez capitaine, Monsieur.

— J'espère que je n'attendrai pas longtemps, Monsieur ? répondit Edward d'un ton réservé.

— Cela viendra, dit l'amiral. Ne m'avez-vous pas dit que vous aviez connaissance d'un trésor caché dans ces îles ?

— Ce n'est pas moi, c'est mon frère.

— Il faut envoyer chercher ce trésor. C'est vous que je crois devoir en charger, Edward. Monsieur Francisco, vous irez avec lui.

— Avec plaisir, Monsieur, répliqua Francisco en riant, mais je pense qu'il vaut mieux attendre qu'Edward soit capitaine. Son épouse et sa fortune viendront ensemble. Je crois devoir ne livrer mes papiers que le jour de son mariage.

— Sur ma parole, dit le capitaine Manly, commandant du *Comus*, je désire, Templemore, que vous ayez votre commission de capitaine, car il me semble que bien des choses en dépendent, le bonheur de la jeune dame, ma part de prise et le huitième dévolu à l'amiral. En vérité, amiral, voilà bien des motifs, et je suis sûr qu'il le mérite !

— Et moi aussi, Manly, répondit l'amiral, et je vais prouver que c'est mon opinion... Voici M. Hadley qui vient avec la commission à la main. Il n'y manque qu'une chose...

— Votre signature, amiral, je le présume, reprit le capitaine Manly en prenant une plume pleine d'encre et la présentant à son officier supérieur.

— Précisément ! répondit l'amiral.

Il griffonna au bas du papier et ajouta :

— Et maintenant elle n'y manque plus. Capitaine Templemore, que Dieu vous tienne en joie !

Edward s'inclina très-bas, et sa physionomie colorée exprima le plaisir qu'il éprouvait.

— Je ne puis donner de commission, amiral, dit Francisco en présentant un papier en échange du brevet remis à son frère, mais je puis donner des renseignements que vous ne trouverez pas sans importance, car le trésor paraît être de grande valeur.

— Dieu me bénisse ! s'écria l'amiral, Manly, vous appareillerez au point du jour, il y en a assez pour charger votre sloop. Voilà !... lisez ! Je m'en vais écrire vos ordres et y mettre une copie de ce document, de crainte d'accident.

— Ce devait être ma fortune, dit Francisco en souriant d'un air grave, mais je n'y voudrais pas toucher.

— Très-bien, jeune homme ! voilà de beaux principes ! mais nous ne sommes pas tout à fait aussi scrupuleux. Maintenant où est la jeune dame ? Faites-lui savoir que le dîner est servi.

Quinze jours après cette conversation, le capitaine Manly revint avec le trésor; et l'Entreprise, commandée par un autre officier, arriva de Porto-Rico. Elle rapportait une lettre du gouverneur en réponse à celle par laquelle l'amiral lui avait appris comment Edward avait sauvé Clara. La lettre était pleine de remercîments pour l'amiral, de compliments pour Edward, et, ce qui était plus important, elle sanctionnait l'union de sa fille et du jeune officier, avec une dot d'une douzaine de boîtes de doublons d'or.

***

Environ six semaines après l'importante conversation ci-dessus mentionnée, M. Witherington était dans sa salle à manger à Finsbury-Square. Il venait de lire un volumineux paquet de lettres, lorsqu'il sonna avec tant de violence que le vieux Jonathan pensa que son maître avait perdu la tête. Cependant cette circonstance ne le détermina pas à accélérer son pas solennel et mesuré ; et il parut à la porte sans dire un mot, selon son habitude.

— Pourquoi ce coquin ne répond-il pas quand on l'appelle ? s'écria M. Witherington.

— Me voilà, Monsieur ! dit solennellement Jonathan.

— Ah ! c'est vous ! vous venez ici comme l'ombre d'un sommelier. Mais qui pensez-vous que j'attende, Jonathan ?

— Je ne puis le dire, Monsieur.

— Mais je le puis, moi, vieux... Edward arrive ! il arrive bientôt !

— Reprendra-t-il son ancienne chambre, Monsieur ? répondit l'imperturbable sommelier.

— Non, la meilleure chambre à coucher... Mais

Jonathan, il est marié ! il est nommé capitaine ! capitaine Templemore .

— Oui... Monsieur...

— Et il a retrouvé son frère, Jonathan, son frère jumeau...

— Oui... Monsieur...

— Son frère Francis... qu'on croyait perdu !... Mais c'est une longue histoire, Jonathan... une histoire étonnante !... Sa pauvre mère est morte depuis longtemps !...

— *In cœlo quies !* dit Jonathan en levant les yeux.

— Mais son frère a reparu.

— *Resurgam !* dit le sommelier.

— Ils seront ici dans dix jours; ainsi veillez à ce que tout soit prêt, Jonathan. Que Dieu me bénisse ! je ne sais plus où j'en suis... C'est une Espagnole, Jonathan !

— Qui, Monsieur ?

— Qui, Monsieur ! mais la femme du capitaine Templemore !... Et il a été jugé comme pirate.

— Qui, Monsieur ?

— Qui, Monsieur ! mais Francis, son frère ! Jonathan, vous êtes un vieillard stupide !

— Avez-vous d'autres ordres à me donner, Monsieur ?

— Non !... non !... voilà !... cela suffit !... allez-vous-en.

Trois semaines après cette conversation, le capitaine, mistress Templemore et son frère Frank étaient installés dans la maison, au grand plaisir de

M. Witherington: car il était fatigué depuis longtemps de la solitude et du vieux Jonathan.

Les frères jumeaux furent la consolation de sa
vieillesse et trouvèrent moyen de la lui rendre confortable. Ils lui fermèrent les yeux en paix et par-
tagèrent sa bénédiction et son immense fortune.

Et ainsi finit notre histoire du pirate.

FIN DU PIRATE.

LE

RETOUR DU CONDAMNÉ

RÉCIT D'UN VICAIRE DE CAMPAGNE.

————

Il y a vingt-cinq ans, lorsque je vins m'établir pour la première fois dans le village de Rochester, le plus mal famé de mes paroissiens était un nommé Edward, qui avait pris à bail une petite ferme voisine. C'était un homme méchant, sombre, au cœur dur, paresseux et dissolu de mœurs, cruel et féroce de caractère. A part de misérables vagabonds avec lesquels il passait le temps aux champs et au cabaret, il n'avait ni ami ni connaissance. Personne ne se souciait de parler à l'homme que beaucoup de gens craignaient et que chacun détestait. Edward était donc généralement évité.

Cet homme avait une femme et un fils, qui, lorsque je vins à Rochester, était âgé d'environ douze ans. On ne peut se figurer l'étendue des souffran-

ces de la femme, sa constance à les supporter et la
sollicitude avec laquelle elle élevait son enfant. Que
le ciel me pardonne ma supposition, si elle n'est
pas charitable, mais je crois fermement en mon âme
que son mari, pendant plusieurs années, s'étudia
systématiquement à lui briser le cœur; mais elle
supporta tout à cause de son fils, et même, chose
étrange, à cause du père : car, malgré sa brutalité et
les mauvais traitements dont il l'accablait, elle l'avait
aimé, et le souvenir de ce qu'il avait été pour elle
éveillait dans son cœur des sentiments d'indulgence
et de mansuétude auxquels toutes les créatures de
Dieu sont étrangères, excepté les femmes.

Ils étaient pauvres : l'inconduite du mari ne pouvait qu'amener la misère; mais le travail continu
et infatigable de la femme, de bonne heure ou tard,
le matin, à midi et la nuit, les mettait au-dessus du
besoin. Ses efforts étaient bien mal récompensés.
Des gens qui passaient par là le soir, quelquefois à
une heure avancée de la nuit, disaient avoir entendu
un bruit de coups et les gémissements et les sanglots d'une femme en détresse. Plus d'une fois,
après minuit, l'enfant frappait doucement à la porte
d'une maison voisine, où il avait été envoyé pour
échapper à l'ivresse furieuse d'un père dénaturé.

Durant ce temps, et lorsque la pauvre créature
portait souvent des marques de violence qu'elle ne
pouvait entièrement cacher, elle venait assidûment
à notre petite église, régulièrement tous les diman-
ches; le matin et dans l'après-midi elle se plaçait
dans un banc avec son enfant auprès d'elle. Ils

étaient habillés très-pauvrement et beaucoup moins
bien que la plupart de leurs voisins placés dans une
condition inférieure à la leur, mais ils étaient toujours proprement mis. Chacun avait un signe de
tête amical et une parole affectueuse pour la pauvre
mistress Edward. Quelquefois, lorsqu'elle s'arrêtait à la fin pour causer avec une voisine dans la
petite allée d'ormeaux qui mène au portail de l'é-
glise, ou qu'elle se retournait pour regarder avec
un orgueil de mère son fils plein de santé, jouant
avec quelques petits camarades, sa figure soucieuse
s'éclairait d'une expression de reconnaissance vivement sentie, et elle avait l'air d'être sinon heureuse
et gaie, du moins tranquille et contente.

Cinq ou six ans se passèrent, l'enfant était devenu
un jeune homme robuste et bien constitué. Le temps,
qui avait fortifié sa légère charpente et donné à ses
faibles membres la vigueur de l'âge mûr, avait
courbé le corps de sa mère et affaibli ses pas. Les
yeux qui l'auraient réjouie ne la regardaient plus,
le bras qui aurait dû la soutenir n'était plus passé
au sien. Elle occupait son vieux banc, mais il y
avait une place vide à côté d'elle. Elle gardait sa
Bible avec autant de soin que jamais, et des marques en indiquaient les passages; mais il n'y avait
personne pour lire avec elle, et ses larmes tombaient en abondance sur le livre et troublaient la
vue de la lectrice. Les voisines étaient aussi bonnes
qu'autrefois, mais elle détournait la tête lorsqu'on
la saluait. Elle ne s'arrêtait plus dans l'allée des
ormeaux, elle n'avait plus de rêves de bonheur. La

pauvre désolée rabattait son bonnet sur ses yeux et se hâtait de rentrer chez elle.

Vous dirai-je que le jeune homme s'était lié avec des hommes dépravés et perdus? Hélas! vous l'avez déjà deviné... En regardant en arrière les jours de son enfance dont il avait pu conserver le souvenir, il ne se rappelait rien qui ne fût lié avec la longue série de privations volontaires souffertes pour lui par sa mère, avec des insultes et des mauvais traitements endurés pour lui : et cependant, sans crainte de l'accabler de douleur, sans reconnaissance pour ce qu'elle avait fait, il poursuivait une carrière de crimes qui devait le perdre et le déshonorer.

La mesure du malheur de mistress Edward était sur le point d'être comblée. De nombreux délits avaient été commis dans le voisinage; les coupables n'avaient pas été découverts, et leur hardiesse augmentait. Un vol audacieux, accompagné de circonstances aggravantes, éveilla des poursuites actives et des recherches rigoureuses, sur lesquelles on n'avait pas compté. Le jeune Edward fut soupçonné avec trois de ses compagnons. Il fut saisi, mis en prison, jugé et condamné à mort.

Au moment où la sentence solennelle fut prononcée, la cour retentit d'un cri de femme, sauvage et perçant, qui résonne encore à mes oreilles. Ce cri frappa de terreur le cœur du criminel, que ni le jugement, ni la condamnation, ni l'approche de la mort même n'avaient pu ébranler. Ses lèvres, qui avaient été serrées, frémirent involontairement, sa figure pâlit et se couvrit d'une sueur froide, ses membres tremblèrent, et il chancela.

Dans les premiers transports de son désespoir, la malheureuse mère se jeta à genoux à ses pieds et supplia avec ferveur le Tout-Puissant qui l'avait jusque-là soutenue dans ses peines de l'enlever à un monde de misères et d'épargner la vie de son unique enfant. Puis elle tomba dans des accès de douleur tels que j'espère n'en revoir jamais. Depuis ce moment je crus que son cœur était brisé, mais je n'entendis ni plaintes ni murmures s'échapper de ses lèvres.

C'était un triste spectacle de voir tous les jours cette femme dans la cour de la prison, essayant avec ardeur, à force d'affection et d'instances, d'adoucir le cœur de son fils endurci. Ce fut en vain, il demeura inébranlable dans le crime. La commutation inattendue de sa peine en quatorze ans de déportation ne tempéra pas même un instant la dureté de son cœur.

Mais l'esprit de patience et de résignation qui avait si longtemps soutenu la mère céda enfin à la faiblesse du corps, elle tomba malade. Elle sortit encore une fois de son lit pour aller voir son fils; mais les forces lui manquèrent, et elle s'évanouit dans la cour de la prison.

Cet événement changea le cours des idées du jeune homme. Sa froideur et son indifférence disparurent. La douleur le rendit presque insensé. Un jour se passa, et sa mère ne vint pas; un second, un troisième s'écoulèrent sans qu'il la vît, et dans

vingt-quatre heures il allait en être séparé, peut-
être pour jamais. Oh! lorsqu'il arpentait l'étroit
préau, comme les pensées de ses premières années
longtemps oubliées venaient l'assaillir! avec quel
désespoir il apprit que sa mère était malade, mourante peut-être, à un mille de la prison! S'il avait
été libre et déchaîné, en quelques minutes il eût
été auprès d'elle. Il se précipita vers la porte, il
empoigna les barreaux de fer avec l'énergie du
désespoir et les secoua avec violence, il se jeta contre le mur épais comme pour se frayer un passage
à travers la pierre, mais le solide édifice se riait de
ses faibles efforts. Il se tordit les mains et pleura
comme un enfant.

Je portai au prisonnier le pardon et la bénédiction d'une mère, et je rendis en échange à la malade
une assurance solennelle de repentir. J'entendis
avec compassion le fils repentant faire mille petits
plans pour le bonheur de sa mère lorsqu'il reviendrait; mais je savais que plusieurs mois avant qu'il
pût atteindre le lieu de sa destination, sa mère ne
serait plus de ce monde.

Il partit la nuit; quelques semaines après, l'âme
de la pauvre femme prit son vol et elle alla, je l'espère avec confiance, et je le crois fermement, dans
un séjour de repos et de bonheur éternels. Je dis
l'office des morts sur sa dépouille mortelle. Elle
repose dans notre petit cimetière. Il n'y a pas de
pierre sur son tombeau. Ses chagrins furent connus
de l'homme et ses vertus de Dieu.

Avant le départ du condamné, il avait été convenu qu'il écrirait à sa mère dès qu'il pourrait en obtenir la permission, et que la lettre me serait adressée. Le père avait primitivement refusé de voir son fils depuis le moment de son arrestation, et il lui était indifférent qu'il fût mort ou vivant. Plusieurs années se passèrent sans en recevoir des nouvelles; quand la moitié de son temps fut expirée sans que j'eusse reçu de lettres, je conclus qu'il était mort, et je le souhaitais presque.

Cependant John Edward, à son arrivée au lieu de déportation, avait été envoyé dans l'intérieur des terres à une distance considérable, et c'est à cette circonstance qu'il faut attribuer la non-réception des lettres qu'il écrivit. Il passa dans le même endroit les quatorze années entières. A l'expiration de ce terme, attaché fortement à son ancienne résolution, et à la parole qu'il avait donnée à sa mère, il retourna en Angleterre à travers d'innombrables difficultés, et revint à pied dans son pays natal.

Au mois d'août, par un beau dimanche soir, John Edward entra dans le village qu'il avait quitté honteusement dix-sept ans auparavant; le chemin qu'il avait à suivre traversait le cimetière. Le cœur de John se gonfla en passant l'échalier. A travers les branches des grands ormes, le soleil couchant jetait çà et là des flots de lumière sur le sentier ombragé. Ces arbres lui rappelaient des souvenirs d'enfance; il se représentait suspendu aux bras de sa mère, et se rendant tranquillement à l'église; il n'avait pas oublié les regards qu'il jetait sur sa face pâle, les larmes qui brûlaient son front, quand elle s'arrêtait pour l'embrasser, et qui le faisaient pleurer aussi, bien qu'il ignorât combien la cause en était amère. Il songeait aux jeux d'enfant dont ce sentier avait été le théâtre, lorsqu'il courait avec quelques petits compagnons, se retournant cent fois pour surprendre un sourire de sa mère ou entendre sa douce voix. Le voile qui couvrait sa mémoire semblait disparaître, et il se rappelait les tendres paroles perdues, les cris méprisés, les promesses rompues, et le cœur lui défaillait.

Il entra dans l'église, le service du soir était terminé, et l'assemblée s'était dispersée, mais la porte était encore ouverte. Ses pas retentirent avec un son creux sous la voûte surbaissée, et le calme qui régnait lui rendit sa solitude pénible. Il regarda autour de lui, rien n'était changé. Le lieu semblait plus petit qu'autrefois, mais il y voyait le vieux monument qui avait fait l'admiration de son enfance, la petite chaire avec son coussin fané, la table de communion devant laquelle il avait si souvent répété les commandements qu'enfant il avait révérés, qu'homme il avait oubliés. Il s'approcha du vieux banc, il avait un aspect froid et désolé. Le coussin avait été enlevé, et la Bible n'y était pas. Peut-être sa mère occupait-elle un banc plus pauvre, ou peut-être était-elle devenue infirme et incapable d'aller seule à l'église. Il n'osait pas s'avouer ses craintes ; en s'éloignant, un frisson glacé le saisit et il trembla avec violence.

Un vieillard entra au moment où il allait sortir. Edward se recula, car il le connaissait bien. Plus d'une fois il l'avait vu creuser des fosses dans le cimetière. Que dirait-il au condamné libéré? Le vieillard leva les yeux sur l'étranger, lui souhaita le bonsoir, et entra lentement; il l'avait oublié.

Il descendit la colline et traversa le village. Le temps était chaud et les habitants étaient assis à leurs portes ou se promenaient dans leurs petits jardins, jouissant de la sérénité du soir et se reposant de leurs fatigues. Plus d'un regard fut dirigé vers lui, et il jeta de chaque côté plus d'un coup d'œil pour voir si on le reconnaissait ou si on l'évitait. Dans presque toutes les maisons, il trouvait des figures étrangères, et revoyait un ancien camarade d'école qu'il avait quitté petit garçon, entouré d'une troupe de joyeux enfants. Parfois, il apercevait assis dans un fauteuil à la porte d'une chaumière un vieillard faible et infirme, qu'il ne se rappelait que comme un robuste et laborieux ouvrier, mais tous l'avaient oublié et il passa inconnu.

Le dernier rayon du soleil couchant était tombé sur la terre, jetant une riche clarté sur les moissons, et allongeant les ombres des vergers, lorsque John arriva devant la vieille maison de son enfance, qu'il avait si ardemment désiré revoir pendant de pénibles années de captivité et de chagrin; l'enceinte de palissades était basse, quoiqu'il se rappelât bien le temps où elle lui semblait un mur élevé. Il regarda dans le jardin; il était mieux cultivé et plus garni de fleurs qu'autrefois, mais on y voyait encore les vieux arbres sous lesquels il s'était reposé mille fois lorsqu'il était fatigué de jouer au soleil et qu'il sentait descendre doucement sur lui le doux sommeil de l'enfance.

Il y avait des voix dans la maison. Il écouta, et elles résonnèrent étrangement à son oreille; il ne les connaissait pas. Elles étaient trop joyeuses, et il savait bien que sa pauvre mère ne pouvait avoir tant de gaieté. La porte s'ouvrit, un groupe de petits enfants en sortit en riant. Le père, portant le plus jeune dans ses bras, parut à la porte, et ils l'entourèrent battant des mains et le tirant par ses habits pour qu'il prît part à leurs jeux. Le condamné songea que dans ce lieu il s'était bien des fois dérobé aux regards de son père. Il se rappela comment il cachait sous les draps sa tête tremblante, et entendait des paroles dures, des coups, et les plaintes de sa mère. En quittant ce lieu il sanglotait, et dans un accès de désespoir il avait le poing fermé et les dents serrées.

Tel était donc le retour dont la perspective l'avait soutenu pendant tant d'années, et pour lequel il avait tant souffert! Pas un salut bienveillant, pas un regard de pardon, pas une maison pour le recevoir, pas une main pour le secourir, et cela dans le vieux village! Qu'était, comparé à cet abandon, celui qu'il avait éprouvé dans les bois épais où l'on n'avait jamais vu d'hommes!

Il sentit que dans son lieu d'exil il s'était figuré sa terre natale comme il l'avait laissée et non comme il la reverrait. La triste réalité lui glaça le cœur, et l'accabla. Il n'eut le courage ni de faire des questions ni de se présenter à la seule personne qui fût disposée sans doute à le recevoir avec bonté et compassion. Il fit lentement quelques pas, évita la route comme un coupable, entra dans une prairie qu'il connaissait bien, et se couvrant la figure de ses mains il se jeta sur le gazon.

Il n'avait pas remarqué qu'un homme était couché auprès de lui : les vêtements de ce dernier firent du bruit lorsqu'il se retourna pour examiner le nouveau venu, et Edward leva la tête.

L'homme s'était assis sur son séant. Son corps était très-cassé, et sa figure jaune et ridée; son habit indiquait un habitant du dépôt de mendicité : il avait l'air très-vieux, mais c'était plutôt par l'effet de la débauche ou de la maladie que par celui des années. Il regarda l'étranger en face; et quoique ses yeux eussent perdu tout leur éclat, cependant ils parurent briller d'une expression surnaturelle en se fixant sur Edward. Celui-ci se leva par degrés sur ses genoux, et examina avec attention le vieillard. Ils se regardaient l'un l'autre en silence.

Le vieillard était d'une pâleur effrayante. Il frémissait et chancelait. Edward s'approcha de lui, il recula d'un pas ou deux. Edward s'avança.

— Laissez-moi vous entendre parler, dit le condamné d'une voix émue.

— Eloignez-vous! s'écria le vieillard avec un affreux juron. — Le condamné s'approcha encore.

— Eloignez-vous! s'écria le vieillard furieux de terreur. Il leva son bâton, et frappa Edward à la figure.

— Mon père, le diable! murmura le condamné entre ses dents serrées. Il se précipita en avant, et saisit le vieillard à la gorge; mais c'était son père, et il lâcha.

Le vieillard poussa un cri perçant, qui retentit dans les champs déserts comme le hurlement d'un mauvais esprit. Sa figure devint noire, il tomba, et le sang lui coula par le nez et la bouche. Il s'était rompu un vaisseau, et était mort avant que son fils eût pu le relever.

Maintenant, auprès de mistress Edward repose un homme qui fut à mon service pendant les trois ans qui suivirent cet événement. Il avait un véritable repentir, une contrition sincère. Pendant sa vie, moi seul sus qui il était et d'où il venait; et ce ne fut qu'à sa mort qu'on apprit que c'était John Edward le condamné revenu.

FIN.

Limoges. — imp. L. Ardant et Cie

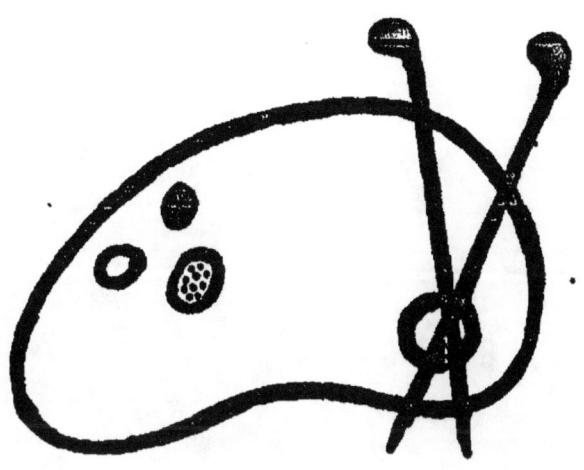

Original en couleur

NF Z 43-120-8

www.ingramcontent.com/pod-product-compliance
Lightning Source LLC
Chambersburg PA
CBHW061446030726
47503CB00005B/1582